クリスティー文庫
103

ポアロとグリーンショアの阿房宮

アガサ・クリスティー
羽田詩津子訳

Agatha Christie

早川書房

7493

HERCULE POIROT AND THE GREENSHORE FOLLY

by

Agatha Christie

Translated by
Shizuko Hata
Published 2025 in Japan by
HAYAKAWA PUBLISHING, INC.
This book is published in Japan by
arrangement with
AGATHA CHRISTIE LIMITED
through TIMO ASSOCIATES, INC.

目次

はじめに

トム・アダムズ

半世紀以上前――正確には一九六三年――とても有名で熱意にあふれるわたしのエージェント、バージル・ポンフレットが、フォンタナ・ペイパーバックス社のアート・ディレクター、パッツィ・コーエンに紹介してくれた。彼女のデスクには一冊の本、ジョン・ファウルズの処女小説『コレクター』が置かれていた。それはジョナサン・ケイプ社のアート・ディレクター、トニー・コルウェルから依頼された仕事で、わたしはその本の表紙のために初めて本格的なだまし絵を描いたのだった。そろそろ本の表紙のために芸術作品を制作してもいい時期だと、わたしは考えていた。この分野には、あきらかにすぐれた芸術作品が欠けていたのだ。とりわけペイパーバックには。それどころか、ペイパーバックの一般的な水準はかなり悲惨で、水準を上げるべき時期にきていた。ただしわたしの場合、ハードカバーの表紙には、本格的な絵を描いてきた。ジョン・ファウルズの『魔術師』、パトリック・ホワイトの『生体解剖者』、デイヴィッド・ストーリーの『サヴィルの青春』などがそうだ。かたや、たいていの場合、ペイパーバックの表紙は出版社にとっては、レベルの低い二流の制作物でしかなく（ペンギンブックスのオリジナルの活版印刷の表紙は例外だ）、ペイパーバックのためにすぐれた芸術を発注しようという試みはほとんどされていなかった。しかし、マーク・コリンズ、バージル・ポンフレット、パッツィ・コーエンの熱心な後押しのおかげで、わたしたちはそれに成功したと思う。

一九六二年から二十五年間にわたって、アガサ・クリスティーの作品のために百冊以上の表紙の絵を制作したことで、わたしとアガサの関係は深まっていった。最初のうちは、たんにやりがいのある仕事を楽しんでいるだけだった。ただ、いくつかの避けがたい不首尾もあり、常にアガサや家族を喜ばせることはできなかった。アガサに会ったことがあるかとよく訊かれるが、残念ながら答えはノーだ。さまざまな会合で、何度もお膳立てされたことはあった。お嬢さんのロザリンド・ヒックス、エージェントのエドマンド・コーク、彼女の側近の他のメンバーたちには会った。しかし伝説になっているアガサの引っ込み思案や、折々の病気のせいで、会うことはとうとうかなわなかった。振り返ってみると、それでよかったのかもしれないと思う。さまざまな表紙の絵について好き嫌いを語り合ったら、双方にとって気まずかっただろう。それでも、わたしにとってそれは小さな悔恨になっている。もっと最近になり、二〇一二年にトーキー美術館でわたしの手がけたアガサ・クリスティーの表紙絵の展示会が開かれてから、何度かアガサのお孫さんのマシュー・プリチャードに会う機会があった。彼は祖母の業績を献身的な情熱で守り続けていて、奥方のルーシーともどもとても頼りになり、ありがたいことに、わたしの作品に好意的だった。近頃もわたしがアガサのための仕事に取り組んでいるあいだ、とりわけ『ポアロとグリーンショアの阿房宮』の表紙を描いているとき、二人は力を貸し、励ましてくれた。そしてナショナル・トラストに交渉して、グリーンウェイ・ハウスと庭園をリサーチのために見学できるようにはからってくれた。またフェリー・コテージでマシューとルーシー、それにわたしの妻である児童作家ジョージー・アダムズといっしょにランチをとったあと、ダート川で忘れがたい船旅もした。

アガサ・クリスティーの出版社ハーパー・コリンズのデイヴィッド・ブローンから、これまで出版されていない本の特別な表紙を描いてほしいと依頼されたときは、とてもうれしかった。それはあのすばらしい『死者のあやまち』の短縮版だった。こうしてわたしには再びグリーンウェイを訪れる大きな口実ができたのだ。アガサの二番目の夫マックス・マローワンはグリーンウェイを「この小さな楽園」と表現したし、アガサにとっては「世界でもっともすてきな場所」だった。威厳があり飾り気のない四角形のジョージ王朝様式の建物は、有名作家である所有者を多くの点で体現している。しかし、本物の楽園は、そこの庭園だった。物語に忠実でなくてはならないという制限の許す限り、わたしはその驚嘆すべき美しさと魔法を絵によって表現しようとした。まちがいなく、そこはイングランド西部の偶像となる場所だ。イングランド西部というのは、たまに日が射すだけの雨に濡れそぼった丘陵、幽霊の出そうな荒れ地、秘密めいたこんもりとした森が広がり、海と岩だらけの海岸に縁どられている。

グリーンウェイにはところどころに熱帯かと見まがう華麗な庭園があり、ダート川に接しており、現在はナショナル・トラストの所有になっている。アガサにとっては、わずらわしい外界からの安全な隠れ家だった。彼女は世の中に魅了されていたし、厳しい目で観察もしていたが、そこに巻きこまれるつもりは一切なかったのだ。

この偉大なるミステリ作家、謎とプロットの手練れの創造者は、わたしが本の表紙を描く際にインスピレーションを与えてくれた。この作品の表紙の絵はアガサの家と庭園に捧げられたものだが、それでも絵はイラストとしての機能をこなさなくてはならなかった。アガサは事件、場面、人物を視覚的にリアルに表現されることを基本的に嫌っていて、とりわけエルキュール・ポアロとミス・マープルが表紙に出るのを望んでいなかった。わたしはそれを承知していた。コリンズ社はこのルールを固守したがったが、アメリカの出版社はもっと事実に即した絵を要求した。この本の見返しに掲載されている『死者のあやまち』のアメリカ版がいい例だ。わたしはおおむね、この微妙な禁止命令に従ってきたが、『ポアロとグリーンショアの阿房宮』の表紙の場合のように、ときにはルールを破ることもある。たとえば屋敷、ボートハウス、フェリー乗り場の鐘、船着き場。マグノリア（アガサの好きな花のひとつだ）、レディ・スタッブズの顔、倒れたオークと阿房宮。手をかけられた庭園の隅には、アガサ自身のいくぶん幻想的な肖像画すら描いた。さらに正面の芝生には陽気にはしゃぐ人々。このすべてをグリーンウェイに捧げたいと思った絵に織りこんだのだ。

物語で描写されているようにボートハウスを茅葺き屋根にしたことに、読者は気づいたかもしれない。現在はスレートの屋根だが、マシュー・プリチャードは、もともと屋根が茅葺きだったことを覚えていた。そこで、わたしは無意識に、その建物を本来の栄えある姿に改築してしまったのだ！

自分がフランシス・ベーコン、ルシアン・フロイド、グレアム・サザーランドといった偉大な画家と肩を並べられると主張するつもりはない。それでも、自分は優秀な画家

であり イラストレーターだと思っているし、願わくば二十世紀および二十一世紀のイギリス美術のパンテオンのどこかにおさめられたいものだ。たまたま、ケント州トロティスクリフのケンティッシュ村でご近所だったよしみで、グレアム・サザーランドは五十年代半ばにわたしの友人であり指導者になった。彼のホワイト・ハウスの仕事場と、わたしのオースト・ハウスの仕事場をお互いに訪ねあったものだ。それはわたしが駆け出しの画家だった時期における、もっともすばらしいできごとだった。わたしが幸運にも二十一世紀まで生き延び、八十代になってもまだ仕事を続けられるのは、おもに家族と親しい友人たちの配慮と愛情ある支援のおかげだ。もちろん、ジョナサン・ケイプやハーパー・コリンズのような偉大な理解ある出版社や後援者たちについては言うまでもない。ジョン・ファウルズは寛大にもわたしをこう評価してくれている。「イギリス美術のもっとも喜ばしい伝統のひとつ、それは本質的に一八六〇年代の偉大な木版画派にさかのぼる。その系譜はラッカム、デュラック、デトモルト兄弟を経て、今日まで続いている。トム・アダムズはその長い系譜に堂々と連なり……」これは非常にうれしいことだ。イラストレーターと表紙画家としてのキャリアを後押ししてくれたのは、ジョン・ファウルズやアガサ・クリスティーのようなすぐれた作家の刺激だった。そこで畏れ多くも、画家としての自分とミステリ小説家としてのアガサを比べてみた。忍耐強い調査と、ひたむきに仕事に打ち込む職人気質は、わたしたちどちらにとっても成功の鍵になっている。無限の努力をできる人が天才だという定義はいくぶん不適切ではないかと、わたしはこれまで考えてきた。しかしそのことこそ、定義しにくい天才という資質の大部分を占めているのだ。むろん、クリスティーはその資質を備えていた、その魔法の要素を。ただし、わたしがそれを持っているかどうかは、他の方々の判断を仰ぐことにしよう。

長い歳月のあいだに、わたしはアガサ・クリスティーがミステリ作家としてまちがいなく傑出していることをますます強く確信するようになった。彼女は魔法を使える。わたしたち読者を庭園の小道を行ったり来たりさせ、ぐるぐる歩き回らせたのち、思いもかけない場所に置き去りにするのだ。ああ、なんてことだ、とわたしたちはぼやく。こうなるとは予想もしなかった！　友人のイーデン・フィルポッツからアドバイスを受けた当初から、アガサは書くことは芸術であると同時に技能であり、文体やテクニックの欠点を克服するための手法やコツがあると学んだ。

アガサの作品は視覚芸術家にとっては、天の恵みのような仕事だった。登場人物、場所、物は画材をどっさり提供してくれるが、具体的な細部は描写されていないおかげで、イラストレーターは想像し改変することができた。想像力については、まちがいなくアガサはそれが豊かだった。『アガサ・クリスティーの生涯』の著者ジャネット・モーガンによれば、アガサは二冊の本に非常に影響を与えられたそうだ。その本とはJ・W・ダンの *An Experiment with Time* とサー・ジェームズ・ジーンズの *The Mysterious Universe* で、アガサが一九三〇年にマックスに以下のような手紙を書くきっかけになった。

ほとんど理解できなかったけれど、おかげでもやもやしたアイディアが、頭の中にあふれています。もし神が未来にいるとしたら、どんなに奇妙でしょう――わたしたちが創造したのでも、想像しているのでもなく、まだ存在しないもの――〝原因〟ではなく、〝結果〟だとしたら。そうすれば、神を想像することこそ、これからわたしたちが向かっていこうとしているもの、つまりひとつのゴール、あらゆる進化の究極の目的だということになり――神が（おそろしく無駄で無慈悲な計画にしたがって）世界をつくり、苦しみその他を与えた、というわたしたちの信念は、すべてまちがっていることになります。でも、すべての苦痛も無駄も、その場合は問題にならなくなりますね――そんなものは、いわばたんなる製作費ですから。ひどく支離滅裂な話だけれど、あなたならわかってくださるでしょう……こういう考えをひねくりまわすのは楽しいものです――神がいまある世界を創造し、それに満足しているなんて、とうてい考えられません。はじめのうち人間は、餓死したり、凍死（地中に眠っている石炭の上で）したりしていましたし、人間の愚かしさが招いたすべての災厄や悪疫は、〝神の御心〟のせいにされてきました。この惑星上の生命が、まったく予想されなかった偶然の産物で、太陽系のあらゆる原則に反しているとしたら――なんておもしろいんでしょう――終わりはいつ訪れるんでしょうか？　なにか完璧な、驚嘆すべき《意識》のなかにあるんでしょうか……？

ジャネット・モーガンの見事な伝記は、アガサがいかに才気にあふれた大変な夢想家かということについて述べている。彼女は「鮮やかな夢を見、それを覚えていて語り、それを楽しんだ……空を飛ぶ夢……」わたしも同じように空想したり夢を見たりする傾向がある。とりわけ飛ぶ夢だ。さらに、これはわたしがアガサの作品にとても感情移入できる多くの理由のひとつだとずっと考えてきた。

しかし、アガサは現実的な人間でもある。彼女の自伝では彼女の人間性とウィットが垣間見られる。

わたしのきらいなのは、群衆、人のあいだにぎゅう詰めにされること、大声、雑音、長ったらしい話、パーティ、とくにカクテル・パーティ、紙巻きタバコの煙と喫煙一般、料理に入れるのはべつとして酒類はどんなものでもだめ、マーマレード、カキ、なまぬるい食べ物、灰色の空、鳥の足、あるいは鳥全体の手ざわり。最後に、そして最高にきらいなのは――あたたかいミルクの味とにおい。

好きなのは、日光、リンゴ、ほとんどあらゆる種類の音楽、鉄道列車、数に関するパズルと数字に関する何でも、海へ行くこと、水浴と水泳、静かなこと、睡眠、夢を見ること、食べること、コーヒーのにおい、スズラン、たいていの犬、そして劇場へ行くこと。

もう少しましな、もっと豪勢に聞こえる、もっともったいぶったリストを作ることはできるが、またしてもそれはわたしらしくなくなるであろうし、やはりわたしはいい、わたしであることに辛抱しなくてはなるまい。

アガサは一人だけで仕事をしていた。「作家であることのいちばんの幸せは、自分ひとりで、自分の好むときに仕事ができることである」この気持ちに、わたしは心から共感を覚える！　わたしの仕事環境は、物や本がありとあらゆるところに非常に乱雑に散らばった仕事場だ。作家の仕事場というさらに小さな空間でも、アガサはわたしと同じように、秩序や整理整頓にはさほど関心がないのではないかという気がする。BBCラジオの番組〈クローズアップ〉で仕事の進め方について質問されたとき、アガサはこんなふうに認めていた。「失望させてしまいますが、本当のところ、わたしにはあまり秩序がないんです」さらにジョン・カランはきわめて洞察力のある著書*Agatha Christie's Murder in the Making*で指摘している。「アガサは精神的な混沌状態で力を発揮する。混沌状態はきちんとした秩序よりも彼女を刺激するのだ。柔軟性がないと創作のプロセスが抑圧されてしまうだろう」これが彼女の手法であり、わたしにもそれは役立っている。わたしの場合は混沌とスケッチとたくさんの参考メモから、完成した絵が現われてくる。

考古学も、アガサとわたしが共有するものだ。彼女はサー・マックス・マローワンという考古学者と結婚した。わたしの長男、ジョナサン・アダムズ教授は海洋考古学者だ。ジョナサンは〈メアリー・ローズ〉号の掘削と引き揚げに際して専門官を務め、一見したところ無関係なガラクタの寄せ集めから、軍艦まるごと一艘を再構築した——わたしが画家としてやっていることにそっくりだ——さらに、彼は腕のいい画家だ。それぞれのやり方で、わたしたちはアガサの執筆の手法の多くを共有している。そして、考古学に関連した手法と活動は、ミステリ小説を書くことに似ていると思う。破片を集め、事実を見つけ、手がかりを追い、上っ面を掘り下げ、想像力を羽ばたかせる……。

本を執筆するばかりか、アガサ・クリスティーはとてもすぐれた劇作家でもあった。わたし自身の舞台への情熱は、両親が素人芝居を制作し演じるという活動的な日々を送っていた記憶から芽生えた。フローラ・ロブソンやシビル・ソーンダイクといった演劇関係の両親の友人に会う機会を何度も得た。ロンドンやパリの劇場に連れていってもらった幸せな思い出もたくさんある。母のコンスタンスはギルドホール音楽学校でキャリー・タブズの生徒だった。ただ、残念なことに結婚して歌をやめてしまった。かたやアガサは声楽家として訓練を受けたが、執筆のためにあきらめた。

今回の『ポアロとグリーンショアの阿房宮』の表紙の絵で、表紙画家としてアガサ・クリスティーとのおつきあいは五十年になる。今後もさらに描く機会があることを祈っている。わたしが表紙を描き始めてから常に進化し続けた至高の作家クリスティーについてはジョン・カランの *Agatha Christie's Murder in the Making* に登場する《ニュース・クロニクル》紙の記者の評価以上に的を射たものはないと確信している。「ミセス・クリスティーはミステリのプロットを創作することにかけては、これまでも、今後も、もっともすぐれた才能を持つ作家だ」わたしもこれ以上にぴったりの言葉を思いつかない。

トム・アダムズ
コーンウェルにて
二〇一四年一月

まえがき

マシュー・プリチャード

アガサ・クリスティーには珍しいことだが、『死者のあやまち』――この中篇から生みだされた本――はある現実の場所について描かれている。サウス・デヴォンのダート川のほとりにあるグリーンウェイだ。グリーンウェイはニマ（わたしは祖母をそう呼んでいた）が一九三八年に買ってから一九七六年に亡くなるまで、夏の休暇を過ごしたところだった。グリーンウェイがナショナル・トラストの所有になり、一般公開されるようになってから十五年たつ。

昨年、デヴィッド・スーシェを主役にしたITVのシリーズ〈アガサ・クリスティーのポワロ〉が、グリーンウェイで最後のドラマ「死者のあやまち」を撮影した。こうして一九八九年に「コックを捜せ」で始まったこのシリーズは、まさにグリーンウェイで栄光に包まれて終了したのだった。ニマにとっても、当初はテレビシリーズにかなり関わっていた亡き母のロザリンドにとっても、これ以上望めないすばらしい幕引きとなった。あたかもエルキュール・ポアロが家に帰ってきたかのようだった。

幸運にも、わたしたちはすばらしい夏の天候に恵まれ、家の正面での最後の撮影の日は――ドラマ的にはあまり重要なシーンではなかったが――やはり感動的だった。デヴィッド・スーシェはあの独特の歩き方でグリーンウェイの正面階段をちょこちょこと上っていき、ドアをノックした。結局、同じ場面を三回撮り直したあとで、伝統ある言葉が口にされるのを耳にした――「撮影終了《イッツ・ア・ラップ》」――とたんに大勢の人々が世界最高の人気テレビシリーズの完結を祝い、世界でもっとも愛されている小説の主人公エルキュール・ポアロをもっとも人気のある性格俳優の一人デヴィッド・スーシェが演じたことを賞賛するために、わっと集まってきた。家の中でも、芝生でも、涙を浮かべていない人は一人もいなかった。ニマに（残念ながら祖母はデヴィッド・スーシェと一度も会うことがなかった）この人気シリーズが二十五年にわたって制作されたと伝えても、きっと信じなかっただろう。

『死者のあやまち』への特別な思い入れは、テレビシリーズの撮影が始まるずっと前からのことだ。この作品はわたしが十三歳だった一九五六年に出版された。たまたまその頃、中学生だったわたしはニマの本を読むことを楽しむようになりはじめ、夏の休暇をニマを含む家族とともにグリーンウェイで過ごしていた。芝生でパーティーが開かれたかどうかは覚えていないが、もっと小さないくつかの催しは覚えている。文学と演劇関係の年々増える友人たちが、グリーンウェイに招待された(当時はウエスト・エンドの劇作家として、ニマがいちばん華々しく活躍していた)。おまけにそこに、義理の祖父マックス・マローワンの考古学関係の大勢の友人が加わった。ニマは現実の人間に百パーセント依存して登場人物を創ることはなかった。しかしサー・ジョージとレディ・スタッブズ、特にフォリアット夫人の人物造形のあれやこれやに、祖母が知っている現実の人々を思い浮かべなかったと言ったら嘘になるだろう。それに『死者のあやまち』がヒッチハイカーを登場させたのも、意外ではなかった。当時、メイプールという近所のユースホステルに泊まっているヒッチハイカーたちとよく遭遇したのだ。

しかし、『死者のあやまち』は非常に鮮烈な子ども時代のふたつの思い出を生き生きと甦らせた。ひとつはある人物で、ひとつはある場所だ。人物の方はアリアドニ・オリヴァで、ニマよりもかなり騒々しい女性だが、リンゴ好きなところや作家としての好奇心はニマ本人を彷彿とさせる。彼女は七作に登場していて、そのうち六作はポアロといっしょだ。ドラマではゾーイ・ワナメイカーが見事な演技を見せている。場所の方は哀れな犠牲者が発見されたボートハウスだ。ニマとわたしは午後になるとよくグリーンウェイのボートハウスまで散歩して、遊覧船が行き交うのを眺めたものだ（キロラン号、プライド・オブ・ペイントン号、ブリックハム・ベル号などのすばらしい汽船で、そのうちの一隻はまだ現役で働いているのはうれしいことだ）こうした船のツアーガイドはたいていグリーンウェイをアガサ・クリスティーの家だと不正確な解説をする（そうではなく、正確には彼女の休暇の家なのだ）。船が行きすぎるときに乗客たちの声が聞こえたが、彼らはアガサ・クリスティーがボートハウスに孫といっしょにひっそりとすわっていることに気づいた様子はまったくなかった！

今またこの本を読み返してみて、ティーンエイジャーのときに出版されたこの作品を読んだときに、現実の人間と現実の場所との関連でミステリ小説を解釈することについて、それまでよりも少し理解が深まったことが思いだされた。この作品では、そうしたものになじみがあったからだ。もちろんそういう信憑性は、ニマの作品がいまだにリアルで説得力があると感じられる理由のひとつだ。ただし当時のわたしには、考古学や中東を舞台にした作品はまったくの作り物に感じられた。ニマはまったく同じテクニックを使って現実の人間や実際の歴史的建造物を利用し、虚構を加えて描いていたのだが。まさに『死者のあやまち』でやったのと同じように。いつかニムルード、エジプトのピラミッドなど、ニマがインスピレーションを得た場所を訪れることができたらと思う。そうすれば、祖母と同じ視点でそれらを眺めることができるだろう。最近、わたしは祖母にインスピレーションを与えた場所のひとつ、カナリア諸島のテネリフェ島を訪れた。ここは「海から来た男」（『謎のクィン氏』に収められている）というハーリ・クィンが主人公の作品の舞台だ——それはすばらしい短篇なので、実際に足を運ぶことができてよかった。

グリーンウェイは、わたしの家族が一九九九年にナショナル・トラストに譲ったので、ほぼ一年中、一般に公開されている。殺人が起きたボートハウスは誰もが訪ねることができるし、ハティ・スタッブズがすわっていた場所近くの椅子でくつろぐこともできるし、今では敷地内に入ることが許されているハイカーたちとあいさつすることもできる。ナショナル・トラストの売店には、イングランド西部で最高の品揃えのアガサ・クリスティーの本が並んでいる。『死者のあやまち』は現実の場所ときわめて密接に関連している点で珍しいが、アガサ・クリスティーの作品でグリーンウェイを彷彿とさせるのは、これだけではない。よかったら、『五匹の子豚』も読んでいただきたい。なんとグリーンウェイの船着き場で殺人が起きるのだ！

最後に、アガサ・クリスティーの本と映像について表現するときに、わたしがしばしば使う言葉は、「ようこそ」だ。一九九九年からトラストで働いている二人の支配人ロビン・ブラウンとゲーリー・カランドと、そのスタッフ全員は、誠心誠意の努力で、幼いときにニマがしてくれた以上にグリーンウェイを暖かく人を歓迎する場所にすることに成功した。みなさんがこの作品を読み、さらにデヴィッド・スーシェのドラマを見て、その舞台になった場所を訪れてくださることを祈っている。そこには、このうえない喜びが待っていることだろう!

マシュー・プリチャード
モンマスにて
二〇一四年一月

ポアロとグリーンショアの阿房宮

登場人物

エルキュール・ポアロ……………私立探偵
ジョージ・スタッブズ卿…………グリーンショア屋敷の主人
ハティ・スタッブズ………………ジョージの妻
フォリアット夫人…………………グリーンショアの元所有者
ミス・ブルーイス…………………スタッブズ卿の秘書
マイケル・ウェイマン……………建築家
アレック・レッグ…………………原子科学者
ペギー・レッグ……………………アレックの妻
マスタートン夫人…………………地方議員の妻
ワーボロー大尉……………………マスタートン家の選挙責任者
マーリーン・タッカー……………ガール・ガイド
マードル……………………………村の老人
ポール・ロペス……………………ハティのいとこ
ブランド……………………………警部
アリアドニ・オリヴァ……………ミステリ作家

一章

その電話に出たのは、ポアロの有能な秘書、ミス・レモンだった。

速記用ノートをかたわらに置くと、彼女は受話器をとりあげ、淡々とした口調で言った。「トラファルガー８１３７番です」

エルキュール・ポアロは椅子に背中を預けて目を閉じた。考えこみながら、指でテーブルの端をコツコツとたたいた。口述していた手紙に洗練された結びの一文をつけようと、ちょうど頭をひねっていたところだった。

送話口を片手で覆いながら、ミス・レモンが声をひそめてたずねた。「デヴォンシャーのラプトンからの指名通話ですけど、お受けになりますか？」

ポアロは眉をひそめた。その土地には心当たりがまったくなかった。「かけてきた人の名前は？」彼は用心深くたずねた。

ミス・レモンは送話口に話しかけた。

「エアレイド（空襲の意味）ですって？」耳を疑うように訊き返している。「ああ、なるほど——苗字をもう一度お願いします」

またエルキュール・ポアロの方に向いた。

「アリアドニ・オリヴァ夫人です」

エルキュール・ポアロの眉がピクンと跳ね上がった。頭の中に記憶が甦った。風でくしゃくしゃに乱されたかのような白髪混じりの髪……鷲のように鋭い顔立ち……。

ポアロは立ち上がるとミス・レモンから受話器を受けとった。

「エルキュール・ポアロですが」もったいぶって名乗った。

「ミスター・エルキュール・ポロご本人ですね？」電話交換手が疑わしげな口調で確認した。

ポアロはまちがいなく本人だと請け合った。

「ミスター・ポロがお出になりました」交換手の声が告げた。

細くて甲高い声が、いきなり朗々と響く声量のある低い声に変わったので、ポアロはあわてて受話器を耳から五センチほど離した。

「ムッシュー・ポアロ、本当にあなたなのね？」オリヴァ夫人がたずねた。

「まちがいなくわたしですよ、マダム」

「オリヴァです。覚えていらっしゃるかわからないけど——」

「いえ、もちろん覚えてますとも、マダム。あなたのような方を忘れることなどできましょうか？」

「でも、そういう人もときどきいるのよ。いえ、しょっちゅうだわ。わたしって、あまり個性がないんじゃないかと思うの。それとも、しじゅうヘアスタイルを変えているせいかしら。いえ、そんなことはどうでもいいのよ。とてもお忙しいところをお邪魔したんじゃなければいいけれど」

「いえいえ、あなたのせいで錯乱はしておりませんよ」

「それはよかった——あなたの頭をおかしくさせたくはありませんから。実はね、あなたが必要なのよ」

「わたしが？」

「そう、それもすぐに。あなた、飛行機は大丈夫？」

「いえ、飛行機はだめです。酔ってしまうのです」

「わたしもよ。どっちみち、飛行機の方が汽車より早いとは思えないし。ここから近いエクセター空港だって、何キロも離れているもの。じゃあ、汽車でいらしてちょうだい。パディントン駅十二時発でね。ラプトンで降りて、ナースコームに向かって。あら、ちょうどいいわ。わたしの時計が正確なら、まだ四十五分あるから――もっとも、この時計はたいてい狂っているんだけど」

「しかし、あなたはどこにいらっしゃるんですか、マダム？　いったいどういうご用なんですか？」

「ラプトンのグリーンショア屋敷よ。車かタクシーをラプトンの駅に迎えに行かせますね」

「しかし、どうしてわたしが必要なのです？　一体全体どういうことなのですか？」ポアロは必死になって繰り返した。

「電話って都合の悪い場所にあるものね」オリヴァ夫人は言った。「これは玄関ホールにあるのよ……人ががやがやしゃべりながら行ったり来たりして……よく聞こえないわ。だけど、お待ちしていますね。みんな、きっと大喜びよ。さよなら」

受話器が置かれる耳障りなガチャンという音がした。あとはツーツーツーと低い発信音だけが聞こえていた。

困惑のあまり茫然とした面持ちで、ポアロは受話器を戻すと、声をひそめてなにやらつぶやいた。ミス・レモンは鉛筆をかまえて、我関せずの顔ですわっている。彼女は電話の邪魔が入るまえに口述筆記していた一文を、抑えた声で繰り返した。

「……はっきり申し上げて、あなたのお立てになった仮説は……」

ポアロは手を振って仮説をさえぎった。

「オリヴァ夫人だったんだ。アリアドニ・オリヴァ、ミステリ作家だ。きみも読んだことがあるかも――」そこで口をつぐんだ。ミス・レモンは教養書のたぐいしか読まず、ミステリ小説のようなくだらない本は見下していることを思い出したのだ。「今日、デヴォンシャーに来てほしいと言ってきたんだ。すぐに。ええと――」ポアロは時計をちらっと見た。「あと三十五分後の列車で」

ミス・レモンはとがめるように眉をつりあげた。

「それはまたずいぶん急なお話ですね。どういう理由ですか？」

「よくぞ訊いてくれた！　教えてくれなかったんだ」

「なんて妙なのかしら。どうしてでしょう？」

「なぜなら」とポアロは考えこみながら言った。「立ち聞きされるのを恐れていたのだろう。うん、それをはっきりと口にしていた」

「まったく、もう」ミス・レモンは雇い主の味方をして、ぷりぷりしながらまくしたてた。「よくそんなことを頼んでくるものですね！　あなたがそんな途方もない依頼で飛びだしていくと思っているなら、どうかしていますよ！　あなたのような有名な方が！　いわゆる芸術家とか作家というのは、とても偏った考え方をするってことは存じてましたけど――バランス感覚ってものがまるでないんです。電報を打ちましょうか？〈ザンネンナガラ　ロンドンヲハナレラレズ〉って」

ミス・レモンは電話に手を伸ばした。ポアロはあわててそれを制止した。

「いや、とんでもない《ドュ・トゥ》！　その反対だ。すぐにタクシーを呼んでくれたまえ」ポアロは声を張り上げて執事を呼んだ。「ジョージ！　小さな旅行鞄に洗面道具だけ入れてくれ。それも急いで、大至急だ。列車に間に合わなかったらまずい」

二　章

　三百四十キロの旅程のうち二百九十キロほどを全力疾走した列車は、最後の五十キロをそっと煙を吐きながら肩身が狭そうに走って、ラプトン駅に滑りこんだ。降りた乗客はたった一人、エルキュール・ポアロだけだった。ポアロは列車のステップとホームの間の広い隙間を慎重にまたぐと、あたりを見回した。列車の最後尾の貨物車の中で、ポーターが忙しそうに作業をしていた。ポアロは自分の旅行鞄を手にすると、ホームを歩いて出口に向かった。切符を渡すと改札口を通り抜けた。

　大型のハンバーのセダンが駅の外に横付けになっていて、制服姿の運転手が進みでてきた。

「エルキュール・ポアロさまでいらっしゃいますか?」運転手はうやうやしくたずねた。

　運転手はポアロの鞄を受けとると、車のドアを彼のために開けた。車が駅を出発し、鉄橋を渡って田舎道を走りだすと、とても美しい川の風景が広がった。

「ダート川でございます」運転手は言った。

「すばらしい《マニフィーク》！」ポアロはお義理でほめた。

人家もまばらな道が緑の生け垣のあいだを上がったり下ったりしながら、どこまでも続いていた。上り坂で、ショートパンツに鮮やかな色のスカーフといういでたちの女の子二人が、大きなリュックサックを重そうにしょってのろのろと歩いていた。

「お屋敷のすぐ先に、ユースホステルがございまして」と運転手は説明した。どうやらデヴォンシャーのポアロ専属ガイドを買ってでようというつもりのようだった。「アッパー・グリーンショアと呼ばれております。一度に二泊までという決まりになっていまして、この時期は非常に混みあっています。四、五十人は泊まっておるでしょう」

「ほう、そうかね」ポアロは言った。背後から眺めながら、ショートパンツが似合う女性というのはまずいないものだ、と改めて考えていた。見るのがつらくなって目を閉じた。

「ずいぶん重そうな荷物をしょっているようだ」ポアロはつぶやいた。

「そのとおりでございます。駅やバス停からかなり距離がございます。たっぷり三キロ以上はありましょうか。さしつかえなければ」運転手はちょっとためらってから続けた。「あの娘たちを乗せてやることもできますが」

「ぜひそうしてくれ。ぜひとも」ポアロは慈悲深くもそう応じた。

運転手はスピードを落とし、二人の娘たちのかたわらでそっと停止した。ふたつのほてった汗まみれの顔が期待をこめて車に向けられた。ドアが開くと、娘たちは乗りこんできた。

「どうも、本当にご親切に」片方の娘が外国訛りで言った。「思ったよりも遠かったです、ええ」英語がろくにしゃべれないらしいもう一人の娘は、ただ数回、うれしげにうなずき、にっこりしてイタリア語でつぶやいた。「グラッツェ」

頭に巻いたスカーフから明るい栗色の巻き毛がこぼれだし、いかにも真面目そうな大きな眼鏡をかけていた。

英語ができる娘は快活にしゃべり続けた。二週間の休暇でイギリスにやって来た。家はロッテルダムにある。すでにストラトフォード・アポン・エイヴォン、クロヴリー、エクセター大聖堂、トーキーは見てきて「このあたりの名所とダートマスの史跡を訪ねたら、プリマスに行くつもりです。メイフラワー号はプリマス・ホーからアメリカに出発したんでしょ」

イタリア娘は小声で問い返した。「ホー？」そして困惑したように首を振った。

「彼女、あんまり英語がしゃべれないんです」オランダ娘が説明した。「だけど、彼女の親戚が、このあたりで食料品店を経営している男性と結婚しているんですって。そこの家族といっしょに過ごすらしいです。あたしとロッテルダムからいっしょに来た友だちは、仔牛とハムのパイをエクセターの怪しげなお店で買って食べたら、具合が悪くなっちゃって。暑い時期にはあたるときがありますよね、仔牛とハムのパイって」

道のふたまたで運転手は速度を落とした。娘たちは二つの言語でありがとうと言いながら降りていき、運転手はさよならと手を振りながら、左側の道を指し示した。そして一瞬、固苦しい態度を捨てて娘たちに忠告した。

「コーニッシュパイにも気をつけた方がいいよ。観光シーズンには、何が入っているかわからんからね」

車が右手の道を勢いよく下りはじめると、すぐにこんもり茂った森の中に入った。

「外国人とは言っても、なかなか感じのいい若い娘もおりますがね」と運転手は言った。

「しかし、こちらの地所に好き放題に入ってくるので困ります。私有地だってことを理解していないようでして」

車は森に囲まれた急な坂道を下ると、門を通り抜けて私道を進んでいき、ようやく川を見下ろすように建つ壮大な白いジョージ王朝様式の屋敷の前で停まった。

運転手が車のドアを開けたとき、長身の執事が階段の上に現われた。

「エルキュール・ポアロさまでいらっしゃいますか？」

「そうです」

「オリヴァ夫人がお待ちかねでございます。砲台の方にいらっしゃいます。行き方をお教えいたしましょう」

ポアロは森沿いのくねくねした道を行くように指示された。道からは木の間《こま》隠れに眼下の川面が見えた。道は少しずつ下っていき、とうとう狭間つきの低い胸壁がある円形の空き地に出た。胸壁の上にオリヴァ夫人がすわっていた。

夫人がポアロを出迎えようと立ち上がった拍子にリンゴがいくつか膝からころがり落ち、四方八方に散らばった。オリヴァ夫人と会うときは、リンゴがつきもののようだ。

「わたしったら、どうしていつも物を落とすのかしら」オリヴァ夫人は口いっぱいにリンゴを頬張ったまま、もごもごと言った。「お元気でした、ムッシュー・ポアロ？」

「ええ、大変元気《トレ・ビヤン》にしております、麗し《シェール》のマダム」とポアロはていねいに答えた。「あなたの方はいかがですか？」

オリヴァ夫人は最後にポアロと会ったときと、どことなく様子が変わっていた。その理由はすでに本人が電話でほのめかしていたように、またもやヘアスタイルの実験をしたせいだった。このまえポアロと会ったときは、風に吹き散らされたかのようなボサボサ髪だった。今日、彼女の髪は濃い青色に染められ、高く結い上げてあり、いささか不自然な小さなカールがたくさんぶらさがっていた。まるでヨーロッパのえせ侯爵夫人のようだ。もっとも侯爵夫人風なのは首から上だけだった。首から下はまちがいなく「実用的な田舎風」に分類されるもので、どぎつい卵の黄身色のツイードの上着とスカートに、ぎょっとするようなマスタード色のセーターという格好だった。

「来てくださるとわかっていたわ」オリヴァ夫人は陽気に言った。

「わかるはずがないでしょう」ポアロは辛辣に切り返した。

「あら、わかりましたとも」

「自分でもどうしてここにいるのかと疑問に思っているぐらいですからね」

「あら、わたし、その答えを知ってるわ。好奇心よ」

ポアロは彼女を見つめ、何度かまばたきした。

「あなたの有名な女の直感は、今度ばかりは大きくはずれなかったようですな」

「まあ、わたしの女の直感を馬鹿にしないでくださいな。いつも殺人者をすぐに見抜いてきたでしょ？」

ポアロは慇懃《いんぎん》に口をつぐんでいた。本当はこう言ってやりたかったのだが。「まあ、やっと五人目ぐらいにね。それだって当たらないことがあった！」

　しかし、その言葉を呑みこんで、あたりを見回した。「実に美しい地所をお持ちですな」

「ここ？　あら、わたしのものじゃないわよ、ムッシュー・ポアロ。わたしのものだとお考えでしたの？　まさかねえ、ここはスタッブズという一家が所有しているのよ」

「どういう方たちなのですか？」

「いえ、どうってことない人たちよ」オリヴァ夫人はあいまいに言葉を濁した。「ただのお金持ち。わたしはここにプロとして来ているのよ、仕事をしているの」

「ほう、あなたの傑作《シェ・ドゥーヴル》に郷土色を盛りこもうというのですね？」

「いえ、ちがうの。言葉どおりよ。仕事をしているの。殺人を手配するために雇われたのよ」

　ポアロは目をみはった。

「あらやだ、本物の殺人じゃないわよ」オリヴァ夫人はポアロを安心させた。「明日、大きなお祭りがあるの。で、ちょっと目新しさを出そうということで、犯人探しをすることになったのよ。わたしが企画担当。まあ、宝探しみたいなものね。だけど、宝探しにはいささか食傷気味だし、これなら斬新じゃないかと考えたらしいの。というわけで、とても気前のいいお金を支払ってくれて、こっちに来て企画を立ててほしいと依頼されたのよ。すごくおもしろいわ、ほんとに——退屈な毎日の生活の息抜きにもなるし」

「どういうふうにやるのですか？」

「ええと、まず被害者がいる、当然。それからいくつかの手がかり。それに容疑者たち。みんな定石どおりよ——妖婦、脅迫者、若い恋人たち、不気味な執事といったところかしら。入場料は半クラウンで、最初の手がかりだけ与えられて被害者、凶器、それに犯人、動機を見つけださなくちゃならないの。それに賞品も出るわ」

「すばらしい」エルキュール・ポアロは言った。

「実を言うとね」とオリヴァ夫人は悔しそうに言った。「思っていたよりも準備がずっと大変なの。現実の人間はとても頭がいいってことを考慮に入れなければならないからよ。わたしの本では、登場人物は利口でなくてもいいんですけどね」

「では、わたしを呼んだのは、この企画を手配するお手伝いのためなのですね？」

ポアロは憤懣やるかたないという口調にならないように努力する気にすらなれなかった。

「いいえ、ちがうわ。もちろん、ちがいますとも！　それはもうすでに全部やり終えたわ。明日のためにすべてお膳立ては整っているの。いいえ、あなたにはまったく別の理由でお力を借りたかったのよ」

「どんな理由ですかな？」

オリヴァ夫人は頭の方に両手を持ち上げた。昔からおなじみの癖で髪の毛をめちゃくちゃにかきむしろうとしかけたとき、複雑なヘアスタイルのことを思いだした。そこで耳たぶをひっぱることで気持ちをなだめることにした。

「自分でもどうかしちゃったんじゃないかと思うのよ。だけど、何かがおかしいって気がするの」

「おかしい？　どのように？」

「よくわからないの……それをあなたに見つけていただきたいのよ。だけど、なんというか……自分が……ああ！……だまされている……操られているっていう気がしてならないの。馬鹿にしたければしてちょうだい。でも、明日、偽の殺人じゃなくて、本物の殺人が起きても、わたし、驚かないわ！」

ポアロがじっとオリヴァ夫人を見つめると、彼女も負けじと見つめ返してきた。

「実におもしろい」ポアロは言った。

「わたしのこと、頭がいかれていると思ってるんでしょうね」オリヴァ夫人はおどおどと言った。

「そんなことは一度だって思ったことがありませんよ」

「それに、あなたが日頃から直感についてどう言っているか――というか、考えているかは知っているわ」

「物事は人によって呼び方がさまざまですからね」ポアロは言った。「あなたはまちがいなく不安をかきたてるような何かに気づいた、あるいは何かを聞いた。それを信じるにやぶさかではありませんよ。見たか気づいたか聞いたことが何を意味するのか、あなたがはっきりわかっていない可能性もあると思います。あなたにわかっているのは、その結果だけなのです。それを直感と定義づけてもかまいませんが、あなたはご自分が知っていることの内容を理解していないのです」

「はっきり定義できないなんて、いかにも頭が悪いみたいじゃないの」オリヴァ夫人は悔しそうだった。

「いずれわかりますよ」ポアロは励ますように言った。「さっきおっしゃっていたのは――ええと、どういう言葉だったか――操られているでしたかな？　その意味をもう少しはっきりと説明していただけませんか？」

「そうね、うまく言えないけれど……つまり、これはいわばわたしの殺人でしょ。わたしが企画を考え、計画を立て、すべてのつじつまがぴったりあうようにした。だけど、作家というものはご存じよね、あれこれ意見を言われることに我慢できないのでしょ。

みんな『見事です。しかし、こうして、ああしたら、もっとよくなるのでは?』って口を出すのよ。さもなければ『被害者がBではなくAという方がすごいアイディアじゃないかな? それとも犯人がEではなくDだったらどうかな?』ってね。まったくこう言ってやりたいわ、『けっこうよ。そうしたければご自分で書いてみたら』って!」

ポアロはうなずいた。

「で、そういうことが起きているのですね?」

「というわけでもないの……そういうくだらない提案をされると、わたしはカッとなるでしょ。そうすると、向こうは引き下がる。でも、ごく些細な提案をまぎれこませるのよ。で、こちらは別の件であくまで抵抗したから、あまり文句もつけず小さな変更を受け入れてしまっているの」

「なるほど。たしかに――それはひとつの手法ですな。つまり……ひどく粗雑で非常識な提案が行なわれる――しかし、実はそれが狙いではない。どうでもよさそうな微妙な修正が目的だ。あなたのおっしゃるのは、そういうことですか?」

「まさにそう言いたかったのよ」オリヴァ夫人は言った。「それにもちろん、ただの想像かもしれない。だけど、そうとは思えないのよねえ――それに、どの修正もたいしたことには思えないの。ただ、不安になって――なんというか――そうね、一種の雰囲気のせいだわ」

「そうした修正提案を出したのは誰ですか？」

「いろいろな人。一人だけだったら、わたしももっと自分の見解に自信が持てたんだけど。でも、一人だけじゃないの――いえ、実際は一人なんでしょうけど。ようするに、一人の人間が他のまったく疑いを抱いていない人たちを操っているのよ」

「その人間が誰なのか見当がつきますか？」

オリヴァ夫人は首を振った。

「とても狡猾でとても用心深い人間よ。全員にその可能性があるわ」

「誰がここに来ているのですか？　登場人物はかなり限られているのでは？」

「ええと――」オリヴァ夫人は次々にあげはじめた。「まずこの屋敷の所有者ジョージ・スタッブズ卿。金持ちの平民で、ぞっとするほど頭が悪いけど、おそらくビジネスではとても切れ者なんでしょうね。それにレディ・スタッブズのハティは夫よりも二十歳ぐらい若くて大変な美人だけど、魚なみの知恵しかないんじゃないかしら――実を言うと、わたしは精神遅滞じゃないかとにらんでいるわ。もちろん、お金のために彼と結婚したのよ。で、頭にあるのは服と宝石のことだけ。それからマイケル・ウェイマン――建築家でとても若いわ。芸術家タイプの彫りが深いハンサムよ。ジョージ卿に依頼されてテニス場の観覧席の設計と、阿房宮の修理をしているの」

「阿房宮《フォリー》？　何ですか、それは――女性のレヴュー《フォリーズ》のことですか？」

「いえ、建築物よ。たくさんの円柱で支えられた白亜の小さな寺院みたいなものね。あなたもキュー植物園で見かけているはずよ。それからミス・ブルーイス。秘書兼家政婦っていう立ち場で、家のことをすべて取り仕切って、手紙を書いたりしているわ――とても厳格で有能な人。他に手伝いにやって来る近所の人たちもいるわ。川沿いに小さなコテージを持っている若い夫婦のアレック・レッグと奥さんのペギー。それにワーボロー大尉、彼はマスタートン家の選挙責任者よ。それからもちろんマスタートン夫妻。かつては番小屋だった家に住んでいる老フォリアット夫人。もともと彼女のご主人の一族が、グリーンショア屋敷を所有していたの。でも、一家は亡くなったり戦死したりして、莫大な相続税がかけられたせいで最後の相続人が屋敷を売ったのよ」

「犯人探しは誰の発案だったのですか？」

「マスタートン夫人だったと思うわ。彼女は地元選出の下院議員の奥さんなの。いろいろな催しの計画を立てるのが得意で、ジョージ卿を説き伏せて、ここでお祭りを開かせることにしたの。この屋敷にはもう何年も人が住んでいなかったから、地元の連中はお金を払ってでも見に来たがるんじゃないかって考えたみたいね」

「それはきわめてまっとうな説明に思えますね」

「何もかも、まっとうに見えるわ。だけど、実際はちがう。言っておきますけどね、ムッシュー・ポアロ、何かがおかしいのよ」オリヴァ夫人はあくまで言い張った。

ポアロはオリヴァ夫人を見つめ、彼女も見返した。

「わたしがここに来たことをどう説明したのですか？」ポアロはたずねた。

「そんなの簡単よ。あなたは賞品を授与することになっているの。犯人探しのね。みんな、とってもわくわくしているわ。わたしはムッシュー・ポアロと知り合いだから、たぶんこっちに来るように頼めるし、その名声はきっと客寄せになるわ、と言ったの――実際、そうなるでしょうね」オリヴァ夫人は抜け目なくつけ加えた。

「そして、その提案は受理された――異議ははさまれなかったのですね？」

「言ったでしょ、みんな大喜びだったって」

オリヴァ夫人は、若い世代の一人、二人に「エルキュール・ポアロって誰なんですか？」とたずねられたことは口にする必要がないと判断した。

「一人残らず？　誰もその考えに反対しなかったのですね？」

オリヴァ夫人は首を振った。

「それは残念です」

「つまり、それで手がかりが得られたかもしれないとおっしゃるの？」

「犯罪者とおぼしき人間は、わたしが来るのを歓迎しないでしょうから」

「すべてわたしの思い過ごしだと考えているんでしょう」オリヴァ夫人は気落ちして言った。「たしかに、あなたに説明するまで、ろくすっぽ根拠もないことに気づかなかったわ」

「まあ、落ち着いて」ポアロはなだめた。「わたしはがぜん好奇心をそそられていますよ。さて、どこからとりかかりましょうか？」

オリヴァ夫人は腕時計を見た。

「ちょうどお茶の時間だわ。屋敷に戻って、みなさんにご紹介するわ」

オリヴァ夫人はポアロが来たのとはちがう道をたどっていった。こちらの道は別の方角に向かっているように思えた。

「こちらからだと、ボートハウスの横を通るの」オリヴァ夫人は説明した。

彼女がしゃべっているあいだにボートハウスが見えてきた。川にせりだした、こぎれいな茅葺き屋根の小屋だった。

「ここで死体が発見されることになっているのよ」オリヴァ夫人は言った。「犯人探しの死体のことだけど」

「で、誰が殺されるのですか？」

「ああ、女性ハイカー。彼女は実は若い原子科学者の最初の妻でユーゴスラビア人なの」オリヴァ夫人はぺらぺらしゃべった。

ポアロは目をぱちくりした。

「もちろん原子科学者が妻を殺したように思える――だけど、当然それほど事は簡単じゃないわ」

「むろん、そうでしょうな――あなたが関わっておられるのですから――」

オリヴァ夫人はそのお世辞を片手を振ってしりぞけた。

「実は、彼女は地元の大地主に殺されるのよ――動機はかなり独創的なの――それを解ける人はめったにいないんじゃないかと思うわ――ただし、五番目の手がかりには、はっきりとわかる情報が入れてあるのよ」

ポアロはオリヴァ夫人のややこしい筋書きを聞くのはこのへんにすることにして、実際的な質問をした。

「しかし、死体にうってつけの人間をどうやって見つけるのですか？」

「ガール・ガイドよ。当初はペギー・レッグが死体になる予定だったの――だけど、みんな、彼女には占い師をやってもらいたがったのよ――それでマーリーン・タッカーというガール・ガイドが選ばれたわけ。頭の鈍い詮索好きの子よ。簡単な役だわ——農民風のスカーフとリュックサックがあればすむから——彼女は誰かの足音が聞こえたら、床にころがって首にひもを巻きつければいいだけ。気の毒に、かなり退屈なんじゃないかしら——誰かに見つけられるまでボートハウスにずっとこもっていなくちゃならないから。でも、おもしろい漫画本をひと山用意してあげたわ——実を言うと、その一冊に殺人者の手がかりが書かれているんだけど——というふうに、きっちり考えてあるのよ」

「あなたの発明の才には感心しきりですよ。まったくすごいことを考えつくものです」

「考えつくのは全然むずかしくないの。問題はあまりにも多くのことを思いつきすぎるってこと。だから、何もかもがごちゃごちゃになってしまって、いくつかを整理してあきらめなくちゃならない。それがいつもつらいわ。さて、こっちの道を上がっていくのよ」

二人はジグザグの急な小道を上りはじめた。それは川沿いに伸びていて敷地の小高い場所へと通じていた。森を抜けて曲がると、小さな漆喰塗りの白い寺院が現われた。よれよれのフランネルのズボンと毒々しい緑色のシャツを着た青年が、少し後ろから寺院を見上げて顔をしかめていた。青年は二人の方にぱっと振り向いた。

「マイケル・ウェイマンさん、こちらはムッシュー・エルキュール・ポアロよ」オリヴァ夫人が紹介した。

青年は挨拶の代わりにどうでもよさそうにうなずいてみせた。

「奇妙きてれつだ」青年は苦々しげに言った。「世間の人々はおかしな場所を選ぶものだ！　たとえば、これがそうだ。一年前に建てられたばかりだ。それなりにりっぱだし、屋敷の建築様式とも釣り合っている。しかし、どうしてここなんですか？　こうした建物は周囲から見えるように建てるべきだ——『高台に建てる』ものと相場が決まってるんですよ。見事な芝生があり、水仙が咲き乱れているようなアプローチを作らなくてはならない。しかし、この哀れな建物は森の真ん中に押しこめられている——どこからも見えない——川から眺めるには、二十本は木を切り倒さなくてはならないでしょう」

「たぶん、他に場所がなかったのよ」オリヴァ夫人が意見を述べた。

マイケル・ウェイマンはふんと鼻で笑った。

「屋敷のそばにある芝生で覆われた土手のてっぺん——あそこならうってつけです。しかし、こういう大金持ち連中はみんな同じなんですよ——芸術的センスがこれっぽっちもない。『阿房宮』とやらが気に入って注文する。どこに建てようかとあたりを見回す。すると、たまたまオークの大木が嵐で倒れている。幹には醜い裂け目ができている。

『よし、ここに阿房宮を建てれば、この場所がきれいに片付く』馬鹿なやつはそう言うんです。そういうことしか考えないんですよ、この金持ちの都会生まれの野郎は。きれいに片付くってことしかね！　屋敷をぐるっと囲むように、趣味の悪い赤いゼラニウムとキンチャクソウの花壇を作らなかったのが不思議なほどだ。そういう人間がこんな美しい屋敷を所有するなんて、本来許されないことですよ！」

ウェイマンはすっかり激高しているようだった。

この青年はまちがいなくジョージ・スタッブズ卿が嫌いなようだ、とポアロは胸の内で考えた。

「これはコンクリートの土台に建てられている」ウェイマンは言った。「そして、その下はやわらかい土だ――だから沈下しているんだ。ここまでひび割れができている――もうすぐ危険なほどになるでしょう。まるごと壊して、屋敷のそばの土手に建て直した方がいい。それがぼくの忠告です。しかし、あの頑固親父は聞く耳を持たないんですよ」

「テニスの観客席の方はどうなの？」オリヴァ夫人がたずねた。

青年の顔つきはいっそう険悪になった。

「中国風寺院みたいなものにしろ、と言うんですよ」青年はうめいた。「よかったら竜もつけてくれだと！　それもレディ・スタッブズが中国のクーリー帽（幅広の円錐形の帽子）がお気に入りだからっていう理由なんです。建築家なんてなるもんじゃない。まともなものを建てたい人間には金がない。金を持っている人間はあきれるほど愚かなものを建てたがる」

「ご同情申し上げます」ポアロが重々しく言った。

オリヴァ夫人は屋敷に向かって歩きだし、ポアロと意気消沈した建築家は彼女のあとに続いた。

「こういう成金たちは」と建築家は苦々しく吐き捨てるように言った。「第一原則ってものを理解してないんです」彼は去り際に、傾きかけた阿房宮を蹴飛ばした。「土台が腐っているなら――すべて腐ってるんですよ」

「あなたのおっしゃることは深遠ですね」ポアロが言った。「実に深遠な言葉です」

たどっている小道が森から出ると、前方に白亜の美しい屋敷が見えてきた。屋敷の裏手の丘は黒っぽいうっそうとした森になっている。

「これぞ正真正銘の美しい建物だ」ポアロはつぶやいた。

「彼はビリヤード室を増築したがっているんです」ウェイマンは悪意のこもった口調で言った。

眼下の土手の上で、小柄な年配の婦人が灌木の茂みを剪定ばさみでせっせと刈りこんでいた。彼女は少し息を荒くしながら、三人に挨拶をするために道を上ってきた。

「何もかも長年ほったらかしになっていたんですの」彼女は言った。「それに、近頃では灌木について熟知している人を雇うのがとってもむずかしくて。丘のこちら側は三月、四月は燃えるように鮮やかな色になるはずですのに、今年はほんとにがっかりさせられましたわ……去年の秋に、この枯れ枝を切り落とさなかったせいです」

「ムッシュー・エルキュール・ポアロです、フォリアット夫人」オリヴァ夫人が紹介した。

年配の婦人は微笑した。

「では、こちらが高名なムッシュー・ポアロですか！　まあ、ご親切に、明日のお手伝いのためにわざわざいらしてくださったんですのね。こちらの聡明なご婦人がとってもむずかしい問題を考えてくださったんですの——斬新な企画になりそうですわ」

この小柄な婦人の物腰の優雅さに、ポアロは少々とまどいを覚えていた。彼女が女主人と言ってもよさそうだ、と彼は思った。

ポアロは礼儀正しく答えた。「オリヴァ夫人は昔からの友人なのです。彼女のご希望に添うことができて光栄です。それにしても、ここは美しい場所ですな。壮大で品格のあるお屋敷です」

フォリアット夫人は当然ですわ、と言わんばかりにうなずいた。

「ええ、こちらは主人の曾祖父が一七九〇年に建てたものなんですの。その前はエリザベス朝様式の建物でしたが、手入れもされないまま一七〇〇年に火事で焼け落ちてしまいました。うちの一族は一五九八年からここに住んできたんですのよ」

彼女の声は穏やかで淡々としていた。ポアロはじっくりとフォリアット夫人を観察した。とても小柄なひきしまった体形の女性で、すりきれたツイードの服を着ている。もっとも目を引く特徴は、その澄んだ青磁のように青い目だった。灰色の髪はヘアネットにきっちりと押しこまれている。あきらかに外見には無頓着なようだったが、説明しがたい一種独特の存在感を漂わせていた。

いっしょに屋敷に向かいながら、ポアロはさりげなく口にした。「ここに他人が住んでいるのは、おつらいでしょうね」

ちょっと黙りこんでから、フォリアット夫人は答えた。その声は明瞭で堅苦しく、奇妙なほど感情がこもっていなかった。

「つらいことなら他にもたくさんございますわ、ムッシュー・ポアロ」

三章

客間ではちょうどお茶がふるまわれているところで、にぎやかだった。オリヴァ夫人はジョージ・スタッブズ卿、ミス・ブルーイス、レディ・スタッブズ、マスタートン夫人、ワーボロー大尉、レッグ夫妻にポアロを紹介した。ジョージ卿は赤ら顔に顎鬚を生やした大柄な男だった。年の頃は五十歳ぐらい、大きな陽気な声と態度の持ち主だったが、抜け目のなさそうな淡いブルーの目には陽気さのかけらもうかがわれなかった。ティートレイを前に采配をふるっているミス・ブルーイスは、きびきびと手早くお茶を注いでいた。おそらく四十ぐらいで、不器量だが身ぎれいにしており禁欲的な感じがした。そのかたわらにはマスタートン夫人。堂々たる女性で低い声で吠えるようにしゃべるところは、ブラッドハウンド犬を思わせた。外見もブラッドハウンド犬みたいだ、とポアロは彼女のいささか突きでた大きな下あごや、悲しげな少し充血した目を見ながら思った。

「お茶のテントについての論争を解決しなくちゃならないわ、ジム」彼女はワーボロー大尉にそう言っているところだった。「地元の女たちの馬鹿げた反目のせいで、すべてをだいなしにするわけにはいかないわよ」

チェックの上着を着た馬面のワーボロー大尉は、真っ白な歯をむきだしてにやっと笑った。

「じきに決着がつきますよ」意気込んで言った。「わたしがこんこんと言って聞かせますから。さて占い師のテントはどうしますか？――マグノリアのそばがいいかな？　それとも端っこのシャクナゲのそばにしますか？」

たちまち声高に議論が始まった――そこでは若いレッグ夫人が目立つ役割を演じていた。彼女はほっそりした魅力的なブロンドだった――かたや夫のアレックは顔がひどく日に焼け、赤毛の髪はくしゃくしゃに乱れていた。どうやら寡黙なタイプのようで、ときおり相づちを打っているだけだった。

ミス・ブルーイスからお茶のカップを受けとると、ポアロは女主人のかたわらに席を見つけ、ソーサーの端に載せたクリームケーキを落とさないようにしながら慎重に腰をおろした。

レディ・スタッブズは他の人々からちょっと離れてすわっていた。肘掛け椅子にもたれ、あきらかにみんなの会話には興味がないらしく、椅子の腕木に置いた自分の右手にうっとりと見とれている。爪はとても長く、濃い赤色に塗られていた。中指にはとても美しいエメラルドをはめている。レディ・スタッブズが手を左右にわずかに回すと、石は光を反射してきらめいた。

ポアロが話しかけると、彼女は驚いたように顔を上げた。その仕草はまるで子どものようだった。

「美しい部屋ですな、マダム」ポアロは賞賛をこめて言った。

「そうですわね」レディ・スタッブズはどうでもよさそうに答えた。「ええ、とてもすてきだわ」

彼女は鮮やかな赤紫色の麦わらでこしらえた、大きなクーリー帽をかぶっていた。抜けるように白い肌に、帽子の色がほんのり赤く差している。英国風ではないエキゾチックな濃いメイクをほどこしていた。こってりと塗った白い肌、鮮やかな紫色に近い唇、たっぷりとつけたマスカラ。黒いなめらかな髪はベルベット帽のように頭に張りついている。非英国的な顔は物憂げな太陽を連想させた。しかし、ポアロが驚いたのはその目だった。それは奇妙なほど虚ろだったのだ。

レディ・スタッブズは言った。「わたしの指輪、どうお思いになって？　ジョージがきのうプレゼントしてくれましたの」

「とても美しい指輪ですな、マダム」

彼女は言った。「ジョージはいろいろなものをくれるんです。とてもやさしいのよ」

レディ・スタッブズは満足しきった子どもみたいな口調でしゃべっていた。

子どもを相手にするように、ポアロは応じた。「そういうことで、とても幸せな気持ちになれるんですね」

「ええ、そうよ、わたしはとっても幸せだわ」レディ・スタッブズは熱心に言った。

「デヴォンシャーはお気に召して？」

「そうですね。昼間はとても美しいところですね。しかし、ナイトクラブは一軒もないようですが」

「そうなの。わたしもカジノが好きなんです。英国にはどうしてカジノがないのかしら？」

「わたしもたびたび不思議に思いました。おそらくイギリス人気質と相容れないのでしょう」

レディ・スタッブズはぼんやりとポアロを見た。それから、困惑したように顔をしかめた。

「一度、モンテカルロで四万フラン勝ったことがあるのよ。七に賭けたの。自分のお金をね」

「それはさぞ興奮なさったでしょうね」

「ええ」彼女はつんとすましてポアロを見た。「今はもう勝っても負けても、どうでもいいことだけれど。ジョージはとってもお金持ちだから」

「そうなのですか、マダム？」

「ええ」彼女はため息をついた。「昔は自由に使えるお金をあまり持たせてもらえなかったの。いろいろなものがほしかったのに」紅を塗った唇の両端を上げて微笑した。「でも、ジョージがほしいものをすべて買ってくれたわ」

そしてまたもや頭をかしげて、手にはめた指輪のきらめきに見入った。そして、内緒話をするようにささやきかけた。「ねえ、わかるかしら？　これ、わたしにウィンクしているのよ」

そして、いきなり大声で笑いはじめたので、ポアロはちょっとショックを受けた。たががはずれた笑い声だった。

「ハティ！」

ジョージ卿が声をかけた。ごく控えめな警告だった。レディ・スタッブズはぴたりと笑い止んだ。

いささか気まずくなって視線を女主人からはずすと、ワーボロー大尉と目があった。その目は皮肉っぽく、この成り行きをおもしろがっているようだった。

「お茶がおすみでしたら、ムッシュー・ポアロ」ワーボロー大尉は言った。「よかったら、明日われわれが予定しているささやかな企画を検分していただけませんか？」

ポアロはおとなしく立ち上がった。ワーボロー大尉のあとから部屋を出ていくときに、ちらっと視線を向けると、フォリアット夫人が部屋を突っ切って女主人の隣の空いた椅子にすわるところだった。ハティは愛情を向けられて喜ぶ子どもさながら、熱心にフォリアット夫人としゃべりはじめた。

「美しい女性です」ワーボロー大尉が噛みしめるように言った。「ジョージ・スタッブズはあの女にすっかり夢中ですよ。彼女のために惜しみなく金を遣っている！　宝石やミンクやありとあらゆるものを与えているんです。彼は妻の頭が少々足りないことに気づいているのかどうか。おそらく、あれだけの美人だとどうでもいいんでしょうね」

「どこの国の方なんですか？」ポアロは好奇心に駆られてたずねた。

「西インド諸島かその近辺の生まれだと思いましたよ。クレオール人です――混血ではなく、近親結婚を繰り返している旧家の出らしい……さて、着いた。ここにすべて準備ができています」

ポアロは彼のあとから本棚がずらっと並んだ書斎に入っていった。窓辺のテーブルには、さまざまな物が並べられていた。

片側には印刷されたカードの大きな山。ポアロは一枚を手にとり、読んでみた。

容疑者一覧

エステラ・ダ・コスタ……美しい謎の女性
ブラント大佐……地元の大地主
サミュエル・フィッシャー……恐喝者
ジョーン・ブラント……ブラント大佐の娘
ピーター・ゲイ……若い原子科学者
ミス・ウィリング……家政婦
クワイエット……執事
エステバン・ペレナ……招かれざる客

凶器
物干しひも
チュニジアの短剣
除草剤
弓と矢
軍用ライフル
ブロンズの像

ワーボロー大尉が説明した。
「全員がノートとペンをもらって、手がかりを書き写し、最後にエントリーカードの裏側に答えを記入するんです……」

解答
犯人は誰か？
動機は？
どういう殺害方法か？

時と場所

結論に至った理由

「最初の手がかりは写真です。全員が最初に一枚もらいます」

ポアロは小さなスナップ写真を渡され、眉をひそめてしげしげと眺めた。それから上下逆さにした。ワーボロー大尉はふきだした。

「巧妙なトリック写真ですよ」ワーボロー大尉は言った。「自分が何を見ているのかわかりさえすれば、簡単そのものですが」

「格子窓のようなものですか？」

ワーボロー大尉は口元をゆるめた。

「そんなふうにもちょっと見えますね。いいえ、これはテニスのネットの一部なんです」

「ああ！　なるほど。ようやく、そう見えました」

「ね、それをどう見るかによって変わってくるんです」にやにやしながらワーボロー大尉は言った。

「おっしゃるとおり」ポアロは相手の言葉を几帳面に繰り返した。「それをどう見るかによって変わってくる……」

ポアロはオリヴァ夫人の緻密な計画を解説するワーボロー大尉の言葉が、ろくすっぽ耳に入らなかった。書斎を出ると、ミス・ブルーイスにつかまった。

「ああ、ここにいらしたんですね、ムッシュー・ポアロ。お部屋にご案内したいのですけど」

彼女は先に立って階段を上がり、廊下を進んで川を見晴らす広々とした風通しのいい部屋に入っていった。

「バスルームは真向かいです。ジョージ卿はもっとバスルームを作りたいとおっしゃっているんですが、そうすると、お部屋の広さがかなり損なわれますからね。お気に召していただければうれしいですわ」

「ええ、もちろん」ポアロはベッドサイドの小さな書見台、読書用スタンド、ビスケットというラベルのついた箱を満足そうに眺めた。「この屋敷では、すべてに配慮が行き届いていますね。あなたにお礼を言わなくては。それとも、あの魅惑的な女主人のお手柄ですかな？」

「レディ・スタッブズは、すべての時間をご自分が魅惑的でいるためにお使いです」ミス・ブルーイスの声にはかすかな刺があった。

「たしかに、あの若い女性はやたらに着飾っていますね」ポアロは考えこむように言った。

「おっしゃるとおりです」

「しかし他の面では、彼女はなんというか——」彼は言葉を切った。「失礼《パルドン》、軽率でした。言うべきではないことを口にしそうになりました」

ミス・ブルーイスはポアロをじっと見つめた。それからそっけなく言った。「レディ・スタッブズはご自分がしていることをよくわきまえていらっしゃいますよ。それに、あなたがおっしゃるように、やたらに着飾った若い女性ですけど、同時にとても抜け目のない方でもありますわ」

ミス・ブルーイスはさっと背中を向けて部屋を出ていった。ポアロは驚きに眉をつりあげたままだった。では、有能なミス・ブルーイスはそう考えているのか？　それとも、何か彼女ならではの理由があって、あんなふうに言ったのだろうか？　そもそも、なぜわたしにあんなことを話したのだろう？——やって来たばかりの人間に？　いや、やって来たばかりだからこそだ。それに外国人だからでもある。エルキュール・ポアロは経験から学んだのだが、外国人には何を言ってもいいと考えている英国人がたくさんいるのだ！

困惑して眉をひそめ、ぼんやりと窓の外に視線を向けた。レディ・スタッブズとフォリアット夫人が屋敷から出てきて、大きなマグノリアの木のそばでちょっと立ち止まった。それからフォリアット夫人はさよならとうなずくと、私道を小走りに下っていった。レディ・スタッブズはその背中をちょっと見送ってから、放心したようにマグノリアの花をひとつむしり、匂いを嗅ぐと、ゆっくりと川に抜ける森の小道を歩きだした。一度だけ肩越しに振り返ったが、やがて姿が見えなくなった。マグノリアの木の陰から、マイケル・ウェイマンが静かに現われた。彼はしばしたたずんでいたが、ほっそりした長身の姿を追って森に入っていった。

ハンサムで精力的な若者は、ジョージ・スタッブズ卿よりもずっと魅力的な男性に思えるにちがいない、とポアロは思った。

しかし、だとしても、それが何なのだ？　そういうことは人生においてしじゅうあることだ。金持ちだが中年で魅力のない夫と、精神遅滞だろうがなかろうが、若くて美しい妻、それに魅力的で多感な青年というとりあわせ。オリヴァ夫人がぜがひでも来てくれと電話をかけてくるほどのことではないのでは？　たしかにオリヴァ夫人は生き生きとした想像力の持ち主だが――。

「ともあれ、わたしは不倫の――あるいは不倫の前兆の相談役じゃない」とポアロはひとりごちた。

オリヴァ夫人の犯人探しゲームの詳細にもっと注意を払うべきだった、とふと気づいた。

「時間がないんだ――まったくない」ポアロはつぶやいた。なのに、何ひとつわかっていない――オリヴァ夫人が信じているように、どこか不審な点があるのだろうか？ おそらくあると考えたい。しかし、それは何なのだ？ それについて手がかりを与えてくれそうなのは誰だろう？

ちょっと考えこんでから、ポアロは帽子をつかむと（頭を覆わずに夕暮れの風にあたることは絶対なかった）いそいで部屋を出て、階段を下りていった。遠くからマスタートン夫人の低くて太い声が横柄にしゃべっているのが聞こえてきた。もっと近くからは、ジョージ卿が誰かにおべんちゃらを言っている声が聞こえた。

「そのイスラム教のベールは実に似合うね。わたしのハーレムに入ってほしいな、ペギー。明日はじっくり運勢を占ってもらおう。きみはどんな占いをするつもりだね？」

かすかな衣ずれの音がして、ペギー・レッグの声が息をあえがせながらこう言った。

「ジョージったら、だめよ」

ポアロは眉をつりあげると、都合よく目の前にあった裏口からこっそりと外に忍び出た。裏の私道を早足で進んでいった。彼の方向感覚だと、いずれどこかで表側の私道とぶつかるはずだった。

読みは当たり、彼はかすかに息を切らしながらフォリアット夫人の隣に並んだ。そして、紳士らしい物腰で夫人の手からガーデニング用のバスケットをとりあげた。

「お持ちしましょう、マダム」

「あら、ありがとうございます、ムッシュー・ポアロ。本当にご親切に。でも、重くありませんのよ」

「お宅まで運ばせてください。お近くにお住まいですか？」

「実は正門のそばの番小屋に住んでおりますの。ジョージ卿がご親切にも貸してくださって」

かつて住んでいた屋敷の番小屋だ。そのことを本心ではどう感じているのだろう、とポアロは思った。

フォリアット夫人があまりにも泰然としているので、気持ちを推し量りかねた。ポアロはこう言って話題を変えた。

「レディ・スタッブズは、ご主人よりもずいぶんお若いようですな」

「二十三歳下ですわ、正確には」

「容姿はとても魅力的です」

フォリアット夫人は静かに言った。「ハティは無邪気な子どもみたいですの」

ポアロはそういう答えを予想していなかった。フォリアット夫人は先を続けた。

「彼女のことはよく知っているんです。しばらくのあいだ、わたしがお世話していたんですよ」

「それは存じませんでした」

「それはそうでしょう。ある意味で悲しい話なんです。彼女の一族は畑を、サトウキビ畑を西インド諸島に所有していたんです。でも地震があって、家は焼け落ち、彼女の両親や兄弟姉妹も全員が命を落としました。ハティはパリの修道院の学校にいたのですけど、いきなり近い親族がほぼいなくなってしまったのです。遺言執行者はロンドンの社交界に彼女をデビューさせるべきだと考えました。そこで、わたしが彼女の面倒を見ることになったんですの」フォリアット夫人は乾いた笑みを浮かべた。「わたしもそういう場面では、ふさわしい装いができますのよ。もちろん必要なコネもありましたから」

「そうでしょうとも、マダム。よくわかります」

「わたしはちょうどつらい時期を過ごしておりましたの。まず主人が戦争の始まる直前に亡くなりました。海軍にいた長男は船といっしょに沈みました。陸軍に入った次男はイタリアで戦死しました。わたしは抜け殻のようになってしまいました。生活もとても苦しくて。それで屋敷を売りに出しましたの。若い女性の面倒を見ることになり、あちこちにお供して気分をまぎらわすことができたのは、とてもありがたかったですわ。ハティのことは大好きになりました。たぶん、すぐに彼女は――なんと申しましょうか――自分をちゃんと守ることができないと気づいたせいもあるでしょうね。おわかりかしら、ムッシュー・ポアロ、ハティは知能が劣っているわけではありませんの。ただ、田舎の人たちが『単純』と呼ぶ人間なのです。簡単に脅しに屈するし、素直すぎて、とても暗示にかかりやすいんです。幸いなことに一文なしも同然でした――相続人だったら、もっとやっかいな立場になったでしょうね。男性の目には魅力的ですし、愛情深い性格なので、すぐに誘惑されたり言いなりになったりしたでしょう――彼女のような女性は、誰かが面倒を見てあげなくてはならないんですよ。両親の財産を清算してみると、サトウキビ畑は地震でくずれ、資産よりも借金の方が多かったのです。ジョージ・スタッブズ卿のような男性が彼女と恋に落ちて結婚したいと思ってくれたことに、本当に感謝していますわ」

「たぶん、そうでしょうな――それもひとつの解決策です」

「ジョージ卿はたたきあげの成り上がり者で――はっきり申し上げて――鼻持ちならな

い俗物ですけど、親切で寛大な方なんです。とても裕福なことは言うまでもありませんわ。ジョージ卿は妻に精神的な支えは求めていないのだと思います。彼はともかくハティを自分のものにしたかった。彼女は完璧に服を着こなせるし宝石をつけても見栄えがします。それに愛情深いし、意欲にあふれ、今、とても幸せでいますわ。わたし、こういう結果になって、心からうれしく思っていますの。というのも白状しますと、わたしがハティに彼の求婚を受け入れるように仕向けたからなんです。もし結婚がうまくいかなかったら——」彼女の声は少しわなないた。「いくつも年上の男性と結婚するように勧めた、わたしの責任になりましたでしょう。申し上げましたように、ハティはとても人の意見に左右されやすいんです。そばにいる人に、いいように操られかねませんわ」

「あなたは彼女のためにとても賢明に、お膳立てをなさったと思いますよ」ポアロは賛同するように言った。「わたしも英国人と同じくロマンチックではありません。いい縁組みをするには、ロマンス以外のことも考慮に入れねばならないのです」

ポアロはつけ加えた。

「それにこの場所ですが。実に美しいお屋敷ですね。言い古された表現ですが、この世のものとは思われないほどすばらしい」

「売らなくてはならなくなったときに、ジョージ卿が買ってくださったのでほっとしましたわ。戦時中は軍に接収されてましたけど、その後、買いとられて民宿とか学校に改造されていたかもしれませんもの。そうしたら部屋は細かく仕切られ、本来の美しさもだいなしになっていたでしょう。ご近所のアッパー・グリーンショアのサンドボーン家もお屋敷を売らなくてはならなくて、今ではユースホステルになっています。若い人たちが楽しく過ごせるのはいいことですわね。それに幸いにも、あちらの家は後期ヴィクトリア朝様式だったので、建築学的な価値はあまり高くなかったのです。ですから、改築してもどうってことありませんでした。ただ、若い人たちが、こちらの敷地に侵入するのが困りもので。ジョージ卿はそのことでとても腹を立てていますわ。たしかに枝を折られたりして、珍しい灌木がだめにされてしまってますの。川を渡る船着き場に近道をしようとして、こちらの敷地に入ってくるんですのよ」

二人は正門の前に立っていた。元番小屋の小さな白い平屋建ての家は、私道から少しひっこんで建てられ、その周囲には柵で仕切られた小さな庭があった。

フォリアット夫人はポアロからバスケットを受けとると、お礼を言った。

「この番小屋は前から気に入っていたんです。わが家の庭師頭がここで三十年も暮らしていたんですよ。わたしは上のコテージよりも、こちらの方がずっと好きですわ。上はジョージ卿が増築したり現代風に造り変えたりしてしまって。それも無理はありませんわね。若い奥さんがいる青年を庭師頭にしましたから。若い人たちは電気アイロンとか現代的なコンロとかが必要ですもの。時代の流れには逆らえませんわね」彼女はため息をついた。「昔からの人間はほとんどお屋敷に残っていないんです――みんな新顔ばかり」

「少なくともあなたが楽園を見いだされてうれしいですよ」ポアロは言った。「スペンサーのこの一節をご存じかしら？『労苦のあとの眠り、嵐の海のあとの港、戦いのあとの安らぎ、生のあとの死、それらはおおいなる喜び』……」

フォリアット夫人は言葉を切ると、口調を変えずに続けた。「世の中には悪がはびこってますわ、ムッシュー・ポアロ。そして世間にはとても邪悪な人々がいる。あなたも、そのことはいやというほどご存じでしょうね。わたし、若い人たちの前では、こういうことは口にしないことにしていますの。気持ちをくじいてしまいますから。でも、それが真実です……ええ、本当によこしまな世の中ですわ」

フォリアット夫人はポアロに小さく会釈すると、背中を向けて番小屋に入っていった。ポアロは閉められたドアを見つめて、しばし立ち尽くしていた。

四章

少し探検をしてみようという気分になり、ポアロは表門を出て、急な曲がりくねった道を進んでいった。まもなく小さな船着き場に出た。チェーンのついた大きなベルには「渡し船にお乗りの方はベルを鳴らしてください」という張り紙がされている。船着き場のかたわらには、さまざまな船がもやってあった。繋船柱に寄りかかっていた、しょぼしょぼした涙目の年寄りの男が、ポアロの方に足をひきずりながら近づいてきた。

「船に乗るのかね、旦那?」

「いや、けっこうだ。グリーンショア屋敷からちょっと散歩に来ただけだよ」

「ああ、グリーンショア屋敷にいなさるのかね。わしは若い頃、あそこで働いていたんでさあ。で、息子はお屋敷で庭師頭をしとった。だけども、わしの方は船の方を受け持っておってね。大旦那のフォリアットさまは、そりゃもう船に夢中だったね。どんな天気でも漕ぎだしていきなさった。だが、少佐の坊ちゃまは船にはまったく関心がなくてね。もっぱら馬でしたな。馬には湯水のように金を注ぎこみなさった。それと酒ですわ——奥さまはさんざんご苦労なさいましたわな、まったく。奥さまにはお会いになったでしょう——今は番小屋に住まわれとるよ」

「ああ、ちょうどお送りしてきたところだ」

「奥さまもフォリアット一族なんでさあ。ティヴァートンの方の一族で、またいとこにあたるんですわ。ガーデニングにたいそうな腕を発揮なさっとるよ。あそこで花をつけている灌木も、奥さまが植えなさったんで。お屋敷が戦時中に接収されたときも、二人の息子さんが出征されたあとも、奥さまは灌木をずっと世話なさって、だいなしにされないように気を配っておられたね」

「さぞおつらかったでしょうね、息子さんが二人とも戦死されて」

「まったく、厳しい人生を送ってこられたもんですわ、奥さまは。旦那さまのことも、息子さんたちのことも、あれやこれやご心配の種がつきなかった。いや、ヘンリーさまはちがった。あの方は本当にりっぱな若い紳士だった。大旦那さまに似て船が好きで、当然海軍にお入りになったんでさあ。だけども、ジェームズさまはさんざん奥さまに苦労をかけたんですわ。借金や女の問題もあったし、気性がそりゃもう荒くてねえ。とてもじゃないが、きちんとした暮らしができるお人じゃなかった。だけど、戦争には向いとった——いいチャンスだったんだね。いやあ、平和なときにまっとうに暮らせない人間に限って、戦争では英雄として戦死するんですわ」

「では、グリーンショアには、もはやフォリアット家の人間はいないんだね」ポアロは言った。

老人の饒舌なおしゃべりがぴたっと止まった。

「おっしゃるとおりでさあ、旦那」

ポアロは興味深げに老人を見つめた。

「代わって、ジョージ卿が登場したってわけか。地元では彼の評判はどうなんだね？」

「とんでもない金持ちだって、みんな知っておりますよ」老人は言った。

その口調は冷淡で、おもしろがっているような響きがあった。

「そして、奥さんの方は？」

「ああ、あの方はロンドンから来たおきれいな方だ。庭仕事には興味がねえようですな。ここがちょいと足りねえって、評判ですわ」

老人はこめかみをこれみよがしに指先でつついた。

「あんまし評判はよくねえし、この土地に溶けこんでもねえみたいだね。このお屋敷を買って一年前に住むようになってから、あちこちすっかり新しくしちまった。お二人が到着した日のことは、まるできのうのことみたいに覚えとるよ。夜に到着したんだが、まあ、何年もなかったみたいなすごい嵐の翌日でねえ。木があちこちで倒れて――一本は私道をふさいでいたもんで、急いでのこぎりで切って、車が通れるようにしなくちゃならんかった。おまけに上の方で大きなオークが一本倒れたもんだから、他の木もたくさん折れちまって、もうめちゃくちゃでしたわ」

「ああ、そうか、今、阿房宮が建っている場所かな？」

老人は横を向いて、馬鹿にしたようにぺっと唾を吐いた。

「阿房宮とか呼ばれとるが、まったく目新しいだけのくだらんもんですわ。昔のフォリアット家の時代には、阿房宮なんざ、考えもしなかったんですがねえ。あれは奥さまの思いつきだそうですわ。ここに来て一カ月しねえうちに建てはじめたんでさあ。あの奥さまがジョージ卿にねだったにちがいねえ。異教の寺みたいに森のあいだに建っているところときたら、まったく開いた口がふさがらんですよ。ステンドグラスで田舎風にこしらえたしゃれたサマーハウスならねえ――わしもけなさなかったんだが」

ポアロはかすかな微笑を浮かべた。

「ロンドンのご婦人方は新奇な趣味があるにちがいない。フォリアット家の時代が終わって残念だな」

「これっぽっちも、そんなふうには思っとらんですよ」老人は喉をゼイゼイいわせながら笑った。「グリーンショアには、常にフォリアット家の人間がいますがな」

「しかし、屋敷はジョージ・スタッブズ卿のものだろう？」

「そりゃまあ、そうだが――まだここにはフォリアット家の人間がいますよ。フォリアットの人間は実に抜け目ないからね」

「どういう意味だね？」

老人は意味ありげな目つきでちらっと見た。

「フォリアット夫人が番小屋に住んでなさるでしょう？」同意を求めた。

「たしかに」ポアロはのろのろと答えた。「フォリアット夫人は番小屋に住んでいる。世の中には悪がはびこっていて、そこに生きている連中は一人残らず邪悪だよ」

老人はまじまじとポアロを見つめた。

「はは<ruby>ん」老人は言った。「何か感じなすったんだね、たぶん」

老人はまた足をひきずって戻っていった。

「しかし、わたしは何を感じたんだろう？」ポアロはゆっくりと屋敷へと丘を上っていきながら、じれったい思いで自問した。

五　章

翌朝、ポアロは九時半に朝食に下りてきた。朝食は戦前のやり方で出された。電気ヒーターの上にはずらっと温かい料理が並べられている。ジョージ卿は英国式朝食をたっぷり皿に盛って食べていた。スクランブルエッグ、ベーコンとキドニーのソテー。オリヴァ夫人とミス・ブルーイスも量は控えめだったが同じようなメニューだった。マイケル・ウェイマンの皿にはコールドハムが山盛りになっていた。レディ・スタッブズだけが贅沢な料理には目もくれず、薄いトーストをかじり、ブラックコーヒーを飲んでいた。

郵便物がちょうど届いたところだった。ミス・ブルーイスは目の前に郵便物をうずたかく積み上げ、すばやくいくつかの山に分けていた。ジョージ卿宛ての親展と書かれた手紙は、彼に渡していた。他の郵便物は開封して、種類ごとに仕分けしていった。

レディ・スタッブズは三通の手紙を受けとった。あきらかに請求書らしい二通は、開封してからわきに放りだした。それから三番目の手紙を開けて、いきなり声高に「まあ！」と言った。

あまり驚いた声だったので、全員が彼女の方を向いた。

「ポールからだわ。いとこのポール。ヨットで来るんですって」

「見せてごらん、ハティ」ジョージ卿が片手を差しだした。彼女は手紙をテーブルの上で押しやった。彼は便箋のしわを伸ばして目を通した。

「このポール・ロペスというのは何者なんだね？　いとこって言ってたかな？」

「たぶんそうだわ。またいとこかしら。彼のことはよく覚えていないの――まったくと言っていいほど。あの人は――」

「うん、何だね？」

レディ・スタッブズは肩をすくめた。

「どうでもいいことよ。はるか昔のことなの。あたしがまだちっちゃかった頃よ」

「おまえは彼のことをあまりよく覚えていないんだろうね。だけど、もちろん、歓迎してあげなくちゃ」ジョージ卿が温かく言った。「今日が祭りなのは残念だ。だが、ディナーに招待しよう。ひと晩かふた晩泊まってもらって――田舎を少し案内したらいいんじゃないかな？」

ジョージ卿は親切な田舎の大地主になっていた。

レディ・スタッブズは無言だった。じっとコーヒーカップの中を見つめている。

みんなはまた祭りについての話題に戻った。ポアロだけが話に加わらず、テーブルの上座にすわっているほっそりしたエキゾチックな姿を見つめていた。彼女はいったい何を考えているのだろう、とポアロは思った。その瞬間、レディ・スタッブズが目を上げ、彼のすわっている方にちらっと視線を投げかけた。それは非常に狡猾で値踏みするような目つきだったので、ポアロは仰天した。二人の目が合ったとたんに、ずるそうな表情は消えた……そして虚ろなまなざしに戻った。しかし、さっきはたしかに別の表情が浮かんでいたのだ。冷酷で計算高く用心深い目つき……。

それともポアロの想像だったのだろうか？　いずれにせよ、少し知的に遅れている人間は、その人間をよく知る相手すら仰天するような、生まれつきの狡猾さをしばしば備えていると言われていなかっただろうか？

レディ・スタッブズはまちがいなく謎の女性だと、ポアロは腹の中で考えた。人によって、彼女についてまったく正反対の意見を持っているようだ。ミス・ブルーイスは、レディ・スタッブズは自分のしていることをちゃんとわきまえていると断言した。だがオリヴァ夫人は精神の発達が遅れているにちがいないと考えているし、前々から親しく彼女を知っているフォリアット夫人は、頼りないところがあるので、誰かが世話をして目を配ってやらなくてはならない存在として語っていた。

ミス・ブルーイスにはおそらく偏見があるだろう。怠惰なところやお高くとまった態度のせいで、レディ・スタッブズを嫌っているからだ。ミス・ブルーイスは結婚前からジョージ卿の秘書だったのだろうか、とポアロは思った。だとしたら、新権力の出現に腹を立てるのも無理はなかった。

ポアロ自身はフォリアット夫人とオリヴァ夫人に心から賛成しただろう――今朝までは。ただし、しょせん一瞬の印象だけで決めることができるだろうか？

レディ・スタッブズがいきなり席を立った。

「頭痛がするの。部屋で横になって休むわ」

ジョージ卿が心配そうにすばやく立ち上がった。

「どうしたんだ、おまえ、大丈夫かい？」

「ただの頭痛よ」

「午後には治ってるだろう、ねえ？」

「ええ――たぶん」

「アスピリンをお飲みになるといいですよ、レディ・スタッブズ」ミス・ブルーイスがきびきびと言った。「お薬はありますか？　なければ、お持ちしましょうか？」

「持ってるわ」

レディ・スタッブズはドアに向かった。歩きながら、握りしめていたハンカチーフを落とした。ポアロは静かに進みでてハンカチーフをさりげなく拾った。

ジョージ卿は妻のあとを追おうとしたが、ミス・ブルーイスに引き留められた。

「今日の午後の駐車場の件ですが、ジョージ卿。ミッチェルに指示を与えることになっています。いちばんいい計画は、おっしゃっていたように――」

ポアロは部屋から出たので、そのあとは聞こえなかった。

階段で女主人に追いついた。

「マダム、これを落とされましたよ」

お辞儀をしてハンカチーフを差しだした。

彼女はよく見もせずに受けとった。

「そうでした？　ありがとう」

「具合がお悪いということで、心から心配しております、マダム。しかもいとこの方がいらっしゃる折に」

レディ・スタッブズはすぐに、ほとんど吐き捨てるように言った。

「ポールには会いたくないわ。彼のことは好きじゃない。悪い人なの。ずっと悪い人だった。彼が怖いわ。あの人はよこしまなことをするの」

ダイニングルームのドアが開き、ジョージ卿が玄関ホールを突っ切って階段を上がってきた。

「ハティ、かわいそうなダーリン。わたしがついているから、ちょっとおやすみ」

二人はいっしょに階段を上がっていった。夫は妻にやさしく腕を回していた。その顔は心配そうで、妻のことで頭がいっぱいなようだった。

ポアロは二人を見送ってから振り返ると、書類をつかんで足早に歩いてきたミス・ブルーイスと顔を合わせた。

「レディ・スタッブズの頭痛は――」ポアロが言いかけた。

「頭痛なんて、わたしの足が痛くないのと同じで、どうってことありませんよ」不機嫌に言い捨てると、自分の仕事部屋に入っていき、ドアをバタンと閉めた。

ポアロは嘆息して、正面玄関からテラスに出ていった。マスタートン夫人が小型車で到着して、お茶用の大テントを張るのを監督し、よく響く太い声で命令を下していた。

彼女は振り返ってポアロに挨拶した。

「まったく厄介な仕事だわ」彼女はぼやいた。「それに作業員が何もかもまちがった場所に置くものだから。いいえ――ロジャーズ！　もっと左よ――左、――右じゃないって！　お天気はどうなると思います、ムッシュー・ポアロ？　わたしは崩れそうな気がします。もちろん、雨が降ったら何もかもだいなしですよ。それに、珍しく今年はいいお天気が続いた夏でしたものねえ。ジョージ卿はどこかしら？　駐車場の件で相談したいのですけど」

「奥さんが頭痛がするといって横になりに行ったので、付き添っていかれました」

「午後になれば治るでしょ」マスタートン夫人は自信たっぷりに言った。「お祭りが大好きなんですから。うれしそうにおめかしして、子どもみたいに大はしゃぎでしょうね。あそこの杭の束をとってきてもらえません？　クロック・ゴルフ（中央のホールの周囲に時計の文字盤に似せた数字のプレートを配置してボールを置き、そこからパットの技能を競うゲーム）の数字を置く場所の目印にしたいんです」

　というわけで、ポアロはいやおうなく仕事を言いつけられ、マスタートン夫人の役に立つ見習いとしてさんざんこき使われる羽目になった。夫人は重労働の合間に、もったいぶってポアロに話しかけた。

「すべて自分でやらなくてはならないんですよ、どうやら。そうするしかなくて……ところで、あなたはエリオット家のお友だちでしたよね？」

　ポアロはイギリスで暮らすようになって長いので、この言葉は自分が社会的に認められたことを示すものだと理解できるようになっていた。つまりマスタートン夫人は「外国人だけど、あなたはお仲間の一人よね」と言わんとしていたのだ。マスタートン夫人は親しげな口調でおしゃべりを続けた。

「グリーンショア屋敷にまた人が住むようになってうれしいわ。ホテルになるんじゃないかって、みんなとても心配していたんです。近頃の風潮はご存じでしょ。田舎をドライブしていると、まかないつきの『民宿』とか『プライベート・ホテル』とか『自動車協会認定ホテル』とか次から次に目にしますでしょ。そうした建物はすべて娘の頃に泊まりに行ったり……ダンスをしたりした場所なんですよ。とても悲しいわ。もちろんグリーンショアのことも、気の毒なエイミー・フォリアットのことも、心からうれしく思っています。彼女はとてもつらい人生を送ってきたんです――だけど、一度だって愚痴を言ったことがないんですよ。ジョージ卿はグリーンショアに奇跡をほどこしたんです――しかも、決して俗悪にはしなかった。それがエイミー・フォリアットの影響力のおかげか――彼が生まれつき趣味がいいのかはわかりませんけどね。でもまちがいなく、最近趣味がよくなってきましたね。ああいう人なのに、ほんとびっくりだわ」

「彼は、ええと、大地主階級の出ではないのですね?」ポアロは慎重に探りを入れた。

「本当はジョージ卿でもないの――たんにそう呼ばれているだけだと思うわ。〈ジョージ・サンガー卿のサーカス団〉から思いついたんじゃないかしら。ずいぶん滑稽ですよね。もちろん、わたしたちはそれをおくびにも出しませんけど。お金持ちはささやかな紳士気取りぐらい許されるべきですよ、そう思いません？　面白いのは、怪しげな生まれにもかかわらず、ジョージ・スタッブズはみんなに受け入れられるってことですね。まさに十八世紀の大地主のタイプなんですよ。いい血が流れているんじゃないかしら。お父さんが有閑階級、お母さんがウェイトレスとか、おおいにありそうだわ」

　マスタートン夫人は話を中断して、庭師に向かって怒鳴った。

「そのシャクナゲのそばじゃないわよ。右に九柱戯（ボウリングの原型と言われる競技）のスペースを残しておかないと。右よ――左じゃないわ！」

　彼女はまた話を再開した。

「ミス・ブルーイスは有能ですね。でもハティのことは嫌っているのよ。まるで殺してやりたいと言わんばかりの目つきで、ときどきハティを見つめていますよ。ああいう優秀な秘書がボスに恋しているのはよくあることだわ。ところでジム・ワーボローはどういう人間だとお考えになります？　『大尉』にこだわっているのは馬鹿げてるわ。正規の軍人じゃないし、ドイツ人に近づいたことすらないんですから。もっとも、最近はあれぐらいのことは大目に見なくちゃなりませんね――それに、彼は勤勉だし――ただ、あの人にはどことなくうさんくさいところがある気がするんです。あら！　レッグ夫妻が来たわ」

スラックスと黄色のセーターという格好のペギー・レッグが、明るく声をかけた。

「お手伝いに来ました」

「やることはどっさりあるわよ」マスタートン夫人は元気よく言った。「さて、まず最初に――」

彼女の注意がそれた隙に、ポアロはこっそり逃げだした。屋敷の角を回って正面のテラスに行くと、そこでは新たな事件が起きていた。

派手な色のブラウスを着たショートパンツ姿の二人の若い女性が、森から出てきて、とまどったように屋敷を見上げているところだった。レディ・スタッブズの寝室の窓からは、ジョージ卿が体を乗りだし、二人を怒鳴りつけていた。

「不法侵入だぞ」彼は叫んだ。

「何ですか？」グリーンのヘッドチーフをした女の子が言った。

「ここには入ってこられないんだ。私有地だ」

濃いブルーのヘッドチーフをしたもう一人の女の子が、無邪気に言った。

「すみません？　グリーンショアの船着き場は――」たどたどしく発音した。「この道でいいんですか？　すみません？」

「きみたちは不法侵入をしているんだ」ジョージ卿がわめいた。

「何ですか？」

「不法侵入だよ！　通り抜け禁止だ。戻りなさい。戻るんだ！　来た道をね」

二人は身振り手振りをしているジョージ卿をじっと見つめた。それから外国語でひとしきり相談した。とうとう、自信なさげにブルーのヘッドチーフの女の子がたずねた。

「戻る？　ホステルに？」

「そのとおりだ。ただし道から戻ってくれ――道だ――あっちに回って」

しぶしぶ二人は引き返していった。ジョージ卿は額の汗をぬぐうと、ポアロを見下ろした。

「人々を追い返すのに手を焼いてますよ。昔は表門から入ってきたんです。それで南京錠をつけさせたんですよ。そうしたら森から入ってくるようになってね、フェンスを越えて。こっちの道の方が簡単に川岸に出られて、船着き場に近いと考えているんですよ。ええ、たしかにそうです、ずっと早い。しかし、ここには権利通路（公衆の通行が許可されている私有地の通路）は通ってないんです、昔から。それに、そういう輩はほぼ外国人です――こっちの言うことが理解できなくて、オランダ語か何かでわけのわからんことを言い返してくるだけだ」

「一人はオランダ人で、もう一人はイタリア人ですよ。きのう駅から来る途中で会いました」

「ありとあらゆる言語をしゃべっているようですな――え、ハティ？　何と言ったんだ？」彼は部屋に引っ込んだ。

ポアロが振り返ると、オリヴァ夫人と、ガール・ガイドの制服を着た十四歳ぐらいの大柄な女の子がすぐかたわらに立っていた。

「こちらがマーリーンよ」オリヴァ夫人が言った。

マーリーンはその紹介に鼻を鳴らしてみせた。ポアロはていねいにお辞儀をした。

「彼女が犠牲者なの」とオリヴァ夫人。

マーリーンはくすくす笑った。

「あたし、ぞっとする死体役なの」マーリーンは言った。「だけど、血はつけないんですって」残念そうな口ぶりだった。

「そうなのかい？」

「ええ。ただひもで首を絞められるだけなの。できたら刺し殺されたかったな――赤いペンキをたっぷりぶちまけられて」

「ワーボロー大尉がそれだとリアルすぎると考えたのよ」オリヴァ夫人が言った。

「殺人には、血がつきものなのに」マーリーンはむくれて言った。彼女は好奇心をむきだしにしてポアロを見つめた。「ねえ、殺人をいくつも見てきたんでしょう？」オリヴァ夫人がそう言っていたわ」

「ひとつ、ふたつは」ポアロは控えめに答えた。

オリヴァ夫人が二人を置いてさっさと立ち去ったので、ポアロは困ったことになったぞと思った。

「色情狂は？」マーリーンが勢いこんでたずねた。

「もちろんないよ」

「あたし、色情狂が好きなの」マーリーンは楽しげに言った。「そういう話を読むのがって意味だけど」

「そういう相手と実際に会ったらうれしくないと思うよ」

「あら、どうかしら。ねえ、知ってる？　このあたりには色情狂がいるのよ。それに、おじいちゃんが森で死体を見たんですって。怖くて逃げだして、また戻ったときには死体がなくなっていたそうよ。女性の死体だったの。だけど、おじいちゃんはちょっともうろくしているし、誰も耳を貸さなかったけど」

ポアロはどうにか逃げだすと、遠回りしてまた屋敷に戻り、自分の部屋に避難した。

六章

ランチは早めに出され、全員が冷たい料理でさっと簡単にすませた。二時半に、二流映画女優がお祭りの開幕の挨拶をすることになっていた。今にも雨が降りそうだった天気は持ち直しかけていた。三時にはお祭りはたけなわとなった。大勢の人々が半クラウンの入場料を払い、車が私道の片側に列を作った。ユースホステルからは、学生たちのグループが大声で外国語をしゃべりながらやって来た。

マスタートン夫人の予想どおり、レディ・スタッブズは二時半少し前に寝室から姿を現わした。シクラメンのような濃い赤紫色のドレスに、黒い麦わらでできたとてつもなく大きなクーリー帽、それに大量のダイヤで飾り立てていた。

ミス・ブルーイスは皮肉っぽくつぶやいた。「ここがアスコット競馬場だと思っているようね、どうやら」

しかしポアロはまじめくさって彼女に賞賛の言葉をかけた。

「大変に美しいお召し物ですな、マダム」

「すてきでしょ。これ、アスコット競馬場で着たのよ」ハティはうれしそうに答えた。

二流映画女優が到着すると、ハティは挨拶するために行ってしまった。

ポアロは人混みに混じった。憂鬱な気分でそこいらを歩き回った——何もかもがありふれたお祭りらしく進行しているようだ。愛想のいいジョージ卿が担当するココナッツ落としが行なわれていた。地元産のフルーツ、野菜、ジャム、ケーキ——それに「かわいい品物」を並べたさまざまな屋台。あちこちでラッフルくじや、子ども向けの「ラッキー袋」のつかみどりも行なわれていた。

いまや、かなりの人出になり、子どもたちのダンス発表会が始まった。オリヴァ夫人の姿は見つけられなかったが、レディ・スタッブズの赤紫色の姿が群集のあいだをゆっくりと移動していくのは見えた。外見もいつもとはまるでちがった——人々の関心を集めていたのはフォリアット夫人だった。紫陽花を思わせるブルーの薄手のシルクドレスに、しゃれたグレーの帽子をかぶっている。新しく到着した人々に挨拶したり、さまざまな余興に案内したりして、お祭りの進行を監督していた。その態度は優雅で温かく、まちがいなく彼女はグリーンショア屋敷のフォリアット夫人だった。

フォリアット夫人は自分がすっかり女主人の役割におさまっていることを意識してい

るのだろうか、それともまったく気づいていないのだろうか、とポアロは首を傾げた。

ポアロは「マダム・エスメラルダが半クラウンであなたの運勢を占います」と記されたテントのわきに立っていた。お茶がちょうど配られはじめたので、占いテントにはもう行列ができていなかった。ポアロは頭を下げてテントをくぐると、喜んで半クラウンの支払いをして椅子に体を沈めると痛む足を休めた。

マダム・エスメラルダはふわっとした黒いローブをまとい、頭にスカーフを巻き、顔の下半分はベールで覆っていたので声が少しくぐもって聞こえた。

彼女はポアロの手をつかむと、早口で運勢を占った。お金はたくさん入ってくる、黒髪の美女と結ばれ、事故を奇跡的に生き延びる。

「実にうれしいお告げですな、マダム・レッグ。本当になることを祈ってますよ」

「あら！」ペギーは言った。「ばれてたんですね？」

「前もって情報を入手していましたから――オリヴァ夫人から、あなたがもともとは『被害者』の役だったが、『占い』に配置換えされたとうかがったのです」

「『死体』の役だったらよかったわ」ペギーは言った。「もっとのんびりできましたもの。それもこれもジム・ワーボローのせいよ。もう四時ですか？　お茶が飲みたいわ。四時から四時半まで休憩なんです」

「あとまだ十分あります」ポアロは大きな古めかしい腕時計をのぞいて答えた。「ここにお茶を運んできましょうか？」

「いえ、大丈夫。休憩がしたいので——あと十分だわ」

ポアロはテントから出ると、たちまちケーキの重さ当てゲームにひっぱりこまれた。さらに輪投げ遊びの屋台を仕切っている太ったお母さんタイプの女性に、運試しをしてごらんなさいと勧められた。驚いたことに、たちまち大きなキューピー人形を獲得してしまった。人形を抱えて気恥ずかしい思いで歩いていると、マイケル・ウェイマンとばったり会った。彼は会場のはずれの船着き場に通じる道に陰鬱な顔つきで立っていた。

「楽しんでいらっしゃるようですね、ムッシュー・ポアロ」皮肉な笑みを浮かべながら声をかけてきた。

ポアロは自分の賞品をとっくりと眺めた。

「これは実にぞっとしますな」ポアロは悲しげに言った。

近くにいた小さな子がいきなりわっと泣きだした。

ポアロはすばやくかがみこみ、人形を子どもの腕に抱かせてやった。

「ほら《ヴォアラ》、きみにあげよう」

涙がぴたっと止まった。

「まあ——ヴァイオレット——親切な紳士だことね？　ありがと、って言いなさい、さあ——」

「子どもさんの仮装大会ですよ」ワーボロー大尉がメガホンで叫んだ。「とびきりかわいい三歳から五歳。さあ、並んでください、並んで」

彼は左右を見回しながら、二人の方へやって来た。

「レディ・スタッブズはどこですか？　彼女を見かけませんでしたか？　彼女は仮装大会の審査をすることになっているんですが」

「十五分ほど前に見かけましたよ」ポアロは言った。

「ぼくが見かけたときは、占いのテントに入っていくところだった」ウェイマンが言った。「まだそこにいるかもしれない」

彼はテントに近づいていき、フラップをめくり中をのぞいたが、首を振った。

「まったくあの女性ときたら！」ワーボロー大尉はいまいましげに言った。「いったいどこに消えてしまったんだ？　子どもたちが待っているのに。もしかしたら屋敷に戻ったのかな」

大尉は足早に立ち去った。

その背中を見送ったとき、ポアロは背後で人の気配を感じて振り返った。

若い男が船着き場からの道を上ってくる。とても浅黒い肌をした青年で、ヨット用の服を非の打ち所なく着こなしていた。青年は目の前の光景に当惑したように、足を止めた。

それからおずおずとポアロに話しかけてきた。

「失礼ですが、こちらはジョージ・スタッブズ卿のお宅ですか？」

「そうですよ。もしかしたらあなたはレディ・スタッブズのいとこさんですか？」

「ポール・ロペスと申します」

「わたしはエルキュール・ポアロです」

二人はお辞儀をしあった。ポアロはお祭りが開かれている事情を説明した。話を終えたとき、ジョージ卿がココナッツ落としの方から芝生を突っ切ってやって来た。

「ポール・ロペスさんですか？　お会いできてうれしいですよ。ハティはあなたの手紙を今朝受けとったんだ。ヨットはどこかな？」

「ダートマスに係留してあります。この船着き場まではランチで川をのぼってきました」

「ハティを見つけなくては。どこかにいるんだが……今夜はぜひともいっしょに食事をしていってくれるね？」

「それはご親切に」

「よかったら泊まっていってくれたまえ」

「ご親切はありがたいのですが、ヨットで寝ます。その方が楽なので」

「こちらには長く滞在するのかね?」

「二、三日です、たぶん。はっきりしてませんが」ポール・ロペスは優雅に肩をすくめてみせた。

「ハティは喜ぶだろう。さて、妻はどこだろう? ついさっき姿を見かけたんだが」

とまどってジョージ卿はあたりを見回した。

「子どもの仮装大会の審査をすることになっているのに。どうしたんだろう。ちょっと失礼するよ。ミス・ブルーイスに訊いてみよう」

ジョージ卿はそそくさと立ち去った。ポール・ロペスは彼の後ろ姿を眺めていた。ポアロはポール・ロペスを観察した。

「最後にいとこさんと会ってからだいぶたつのですか?」ポアロはたずねた。

相手は肩をすくめた。

「ハティが十五歳のときから会っていません。そのあとすぐ、彼女は海外に行ったので――フランスの修道院の学校にね。子どものときは美人になりそうでしたが」

問いかけるようにポアロを見た。

「美しい女性ですよ」ポアロは答えた。

「それで、さっきの方がご主人ですか？　いわゆる『いい人』のようですが、あまり洗練されていないようですね？　でも、ハティの場合、ふさわしい夫を見つけるのは少々むずかしかったでしょうからね」

ポアロは礼儀正しく、意味がよくわからないという表情をつくろった。相手は笑いだした。

「おや、秘密でもなんでもないんです。十五歳のとき、ハティは知能の発達が遅れていました。知的障害と呼ぶんでしょうか？　今も変わりませんか？」

「そう――見えるかもしれませんね」ポアロは慎重に答えた。

ロペスは肩をすくめた。

「なるほど！　しかし、どうして女性に――知性を求めるんでしょうね？　そんなものは必要ないのに」

ジョージ卿がいらいらしながら戻ってきた。ミス・ブルーイスがいっしょで、息を切らしながらしゃべっている。

「どこにいるのか見当もつきません、ジョージ卿。最後に見たのは占いテントのそばでした。でも、それは少なくとも二十分前です。お屋敷内にはいません」

「もしかしたら」とポアロが意見を言った。「オリヴァ夫人の犯人探しゲームの進捗状況を見に行ったということは考えられませんか？」

ジョージ卿の顔がぱっと明るくなった。

「たぶんそうだ。わたしはここを離れられないんだ。余興の担当なのでね。できたら見てきてもらえないでしょうかね、ムッシュー・ポアロ？　コースはご存じですね？」

ポアロはコースを知らなかった。だがミス・ブルーイスに訊いて、だいたいの経路がわかった。ポール・ロペスをミス・ブルーイスに任せると、ポアロはぶつぶつ言いながら出発した。「テニスコート、椿庭園、阿房宮、上の苗床、ボートハウス……」

ポアロはココナッツ落としのかたわらを通り過ぎるときに、ジョージ卿がまばゆい笑みを浮かべながら、今朝追い払った二人の若い女性に木製のボールを差しだしているのを見ておかしくなった。女の子たちの方は彼の態度の豹変にあきらかにとまどっているようだった。今朝は不法侵入だったのに、午後は半クラウンの入場料を払ったおかげで、合法的にグリーンショア屋敷の敷地で楽しく過ごせるという事実に思い至らなかったようだ。彼女たちはココナッツ落としは断り、宝物が隠されたふすま桶の方に行ってしまった。

オランダ人の女の子はポアロに気づき、礼儀正しく挨拶した。どちらの娘も肩にリュックサックをしょい、大汗をかいていた。

「友人は表門から五時のバスに乗ってトーキーに行くんです」オランダ人の女の子が説明した。「あたしは渡し船で川を渡って、六時のダートマス行きのバスに乗ります」

「あわただしい日を送っているんだね」ポアロは言った。

「見たいものがたくさんあるし、時間は限られていますから」

ポアロはていねいにお辞儀をすると、テニスコートをめざした。そこには誰もいなかった。そこで椿庭園に行った。

椿庭園では、オリヴァ夫人が紫色のきらびやかな服を着て、ふさいだ面持ちで庭園のベンチにすわっていた。その姿は悲劇俳優のサラ・シドンズを思わせた。オリヴァ夫人はポアロに隣にすわるように手振りで招いた。

「これはまだ二番目の手がかりなのよ」とひそひそ声で言った。「むずかしく作りすぎちゃったみたい。誰もまだ来ないの」

そのとき半ズボンをはき、大きな喉仏をした青年が庭園に入ってきた。うれしげな声をあげながら、片隅の一本の木に走り寄り、次の手がかりを発見して、さらに満足そうな声をもらした。二人の前を通過しながら、どうしても達成感を伝えたくなったらしい。

「コルクガシの木のことを知っている人はあまりいないでしょうね」と言いながら、小さなコルクを差しだした。「テニスのネットの下に、これがぎっしり詰まった箱があったんです。最初の手がかりは巧妙な写真でしたが、すぐにわかりました。この手がかりで、みんな、何かのボトルを探しに行くでしょう。コルクガシの木ってのはとても繊細で、この地域にしか生えていないんですよ。ぼくは珍しい灌木とか木に興味があるんです。さて、これからどこに行ったらいいんだろう？」

彼は手にしたノートに書かれた文字を眉を寄せて眺めた。

「次の手がかりも写してあるんですが、意味が通じないんですよ」二人に疑わしげな視線を向けた。「あなたたちも参加しているんですか？」

「いえ、ちがうわ」オリヴァ夫人は言った。「ただ――見物してるだけよ」

「そりゃよかった……『麗しの女《ひと》、身をあやまち《フォリー》て』……どこかで聞いたような気がするんですが」

「有名な引用句ですね」ポアロが言った。（オリヴァー・ゴールドスミスの『ウェイクフィールドの牧師』の十四行詩からの一節）

「フォリーっていうのは、愚行の他に建物をさすこともあるわ」オリヴァ夫人が助け船を出した。「白くて……柱があって」とつけ加える。

「わかったぞ！　どうもありがとうございます。アリアドニ・オリヴァ夫人ご自身がこっちに来ているそうですね。サインがほしいんですよ。彼女にはもう会いましたか？」

「いえ、会ってないわ」オリヴァ夫人はきっぱりと否定した。

「ぜひとも彼女に会いたいんです。彼女はいい小説を書きますよね」そこで声をひそめた。「だけど、噂だと、大酒飲みらしいですね」

青年は急いで立ち去り、オリヴァ夫人は憤慨して言った。「まったくもう！　わたしはレモネードしか飲まないのに、不公平だわ！」

「あなたこそ、あの青年が次の手がかりに行き着くように手助けするという、きわめて不公平な真似をしましたよ」

「今のところ、ここまでたどり着いたのは彼だけですもの、後押ししてあげるべきだと思ったのよ」

「しかしサインはあげなかった」

「それとこれとはちがうわ。しいっ！　また誰か来たわ」

しかし今回は手がかりを探しに来た人たちではなかった。入場料を払った以上、敷地内を徹底的に探索して元をとろうと心に決めている女性の二人組だった。

二人は不機嫌で不満そうだった。

「どこかにすてきな花壇があるとばかり思ってたわ」一人がもう片方にぼやいた。「でも木ばっかりじゃないの。これじゃ庭園とは呼べないわよ」

オリヴァ夫人がポアロを突き、二人はそっとその場を立ち去った。

「ねえ、誰もわたしの死体を発見しなかったらどうなるのかしら？」オリヴァ夫人が動揺しながらたずねた。

「辛抱ですよ、マダム。元気をお出しなさい」ポアロは言った。「午後はまだ長いのですから」

「たしかにそうね」オリヴァ夫人は明るい顔つきになった。「それに四時半過ぎから入場料が半額になるから、たぶんどっと人がやって来るわ。マーリーンがどうしているか見に行きましょう。実はあの娘のこと、信用していないのよ。責任感がまるっきりないの。じっと死体になっていないで、こっそり抜けだしてお茶を飲みに行っていても驚かないわ。お茶となると、みんな、後先考えなくなりますからね」

二人は並んで森の道を進んでいき、ポアロは地所の地理について意見を述べた。

「実に複雑ですよ。道があまりに多くて、どこに向かっているのかはっきりわからない。それに木、木、いたるところに木が生えている」

「さっき会った気むずかしいご婦人方みたいなことをおっしゃるのね」

二人は阿房宮を通り過ぎ、ジグザグに川の方へと道を下っていった。ボートハウスの輪郭が眼下に見えてきた。

犯人探しの参加者が偶然ボートハウスを見つけ、いきなり死体と出くわしたらまずいことになるんじゃないか、とポアロは意見を述べた。

「いわば近道ってこと？　そのことも考えたわ。それで最後の手がかりは鍵だけなの。それがないとドアを開けられないのよ。エール錠がついてるから。中側からしか開けられないようになっているの」

短い急な坂道を下るとボートハウスのドアだった。ボートハウスは船の保管スペースの上に張りだすように作られていた。オリヴァ夫人は紫色のひだの間に隠されたポケットから鍵をとりだし、ドアを開けた。

「ちょっと元気づけに来たわよ、マーリーン」オリヴァ夫人は中に入りながら陽気に声をかけた。

マーリーンが抜けだしているんじゃないかなどとあらぬ疑いをかけたことに、オリヴァ夫人はかすかなうしろめたさを覚えた。というのも、芸術的に配置された「死体」のマーリーンは、忠実に役目を務め、窓際の床に大の字になって倒れていたからだ。

マーリーンは返事をしなかった。ぴくりとも動かずに倒れたままだ。開いた窓からそよ風が入ってきて、テーブルに山と積まれた漫画本のページをかさこそと鳴らした。

「もう起きていいのよ」オリヴァ夫人がしびれを切らして言った。「わたしとムッシュー・ポアロだけなんだから。誰もまだ手がかりを見つけていないの」

ポアロは眉をひそめた。そっとオリヴァ夫人を押しのけると、進みでて床の女の子にかがみこんだ。押し殺された叫び声が彼の唇からもれた。ポアロはオリヴァ夫人を見上げて言った。

「どうやら――あなたの予想していたことが起きたようです」

「まさか――」オリヴァ夫人の目が恐怖で大きく見開かれた。柳細工の椅子を手探りで引き寄せると、よろよろと腰をおろした。「まさか――死んでいないわよね？」

ポアロは首を振った。

「いえ、残念ながら死んでいます。亡くなってからあまり時間がたってませんね」

「だけど、どうして――？」

ポアロは少女の首に巻かれた派手なスカーフをめくり、オリヴァ夫人に物干しひもの先端を見せた。

「わたしの殺人と同じだわ」オリヴァ夫人は不安そうに言った。「だけど誰が？　それにどうして？」

「それが問題ですな」ポアロは言った。

そもそも、それは犯人探しゲームの設問だった、とつけ加えるのは思いとどまった。

それに、その答えはオリヴァ夫人の答えと同じであるはずがなかった。被害者は原子科学者のユーゴスラビア人の最初の妻ではなく、マーリーン・タッカーだったのだから。彼女は十四歳の村娘で、わかっている限り、世の中に敵など一人もいないはずだった。

七章

「とても耐えられませんわ」フォリアット夫人が言った。

三時間後、フォリアット夫人はポアロといっしょにグリーンショア屋敷のダイニングルームにすわっていた。

ジョージ卿は二人の刑事と書斎にいた。

「あの子はこれまで誰にも悪いことをしたことがないんですよ。だけどなぜ……とうてい理解できません。なぜなんですの？」

老婦人のいつも笑みを絶やさぬ感じのいい顔は、十歳も老けたように見えた。小さなレースのハンカチーフを何度もぎゅっと握りしめている。

ポアロはその日の午後、彼女の外見と威厳に感銘を受けた。いまや、その落ち着きがいきなり失われたことや、ひどく生々しい、大げさなほどの嘆きっぷりに驚かされていた。フォリアット夫人は知っているが、自分は知らないことが何かあるのだろうかと、ポアロは思った。

「ついきのうおっしゃっていたように、まったく悪がはびこった世の中ですな、マダム」

「わたし、そんなことを申しました？　たしかにそうですわ——それを実感しはじめたばかりです……だけど、信じてください、ムッシュー・ポアロ。まさかこんなことが起きるとは夢にも思っていませんでした」

ポアロは興味深げにフォリアット夫人を見つめた。

「レディ・スタッブズは、今朝——」

フォリアット夫人は荒々しく彼の言葉をさえぎった。

「あの人のことは話題にしないでください。彼女のことは口にしないで、考えたくもありませんから」

「彼女も邪悪について口にしていました」

フォリアット夫人は驚いたようだった。

「何と言ったのですか？」

「いとこのポール・ロペスは邪悪な人間だと言っていました——彼は悪い人なので、怖いと」

「ポール・ロペスですって？　今日の午後、ここに到着したとてもハンサムな青年のことかしら？」

「ええ」

フォリアット夫人は切り捨てるように言った。

「気にしないでください。ハティは——子どもみたいなのです。善と悪——彼女はそうした言葉を子どもみたいによく考えずに使うのです。彼女はどこにいるのかしら？　いったいどうしたんでしょう？　願わくば——ああ！　もう二度と戻ってこなければいいんですけど！」

ポアロはその激しい言葉にぎくりとした。午後の一連の出来事はポアロの見たところ、まったく意味をなさなかった。四時ごろから、誰一人レディ・スタッブズを見かけていなかった。屋敷と地所は徹底的に捜索された。現在はさらに捜索範囲を広げていた。鉄道駅にも問い合わせをして、近隣の町を警察の車がパトロールをしていた。さらに付近のホテルや下宿にも聞きこみを——。

フォリアット夫人は感情のこもらない声で、これまで誰も言葉にしなかった疑問を口にした。

「警察は、ハティがやったと考えているんでしょうか？　彼女があの子を殺したと？

そして逃亡したのだと？」

「警察の考えていることはわかりませんね」

「あなたはそうお考えですか？」

「マダム、あらゆるものにはパターンがなくてはならないのです。今のところそのパターンが見つけられずにいます。あなたご自身はどうお考えですか？　レディ・スタッブズのことはよくご存じでしょう――」

彼女が答えなかったので、ポアロはつけ加えた。

「彼女のことはお好きなのでしょう？」

「ハティは大好きでした――それはもう心から」

「過去形を使っていらっしゃるのですね」

「あなたにはおわかりにならないのよ」

「もしや、レディ・スタッブズが死んでいると信じていらっしゃるんですか？」

フォリアット夫人は宙に視線をすえた。それからささやくような声で言った。

「死んでいたら、ずっといいでしょうね――その方がずっといいわ」

「あなたのお気持ちも理解できます。彼女は精神的にまともじゃなかった。いとこさんが今日の午後、さりげなくそう言っていました。そういう人々は常に説明のつく行動をとるとは限りません。いきなり怒りに駆られて――」

しかし、フォリアット夫人は怒ってポアロに食ってかかった。

「ハティはそんなんじゃありませんよ。とてもやさしい心の温かい子だったんです。人を殺すなんてことは絶対にしませんよ」

ポアロはいささかとまどってフォリアット夫人を見つめた。頭の中でいくつかの断片を組み立ててみた。今日のロペスの突然の登場は、いささか芝居がかっていたのではないだろうか？　それにハティのそれに対する反応――計算高いまなざし、恐怖と嫌悪を強調した言葉。ポール・ロペスについてもう少し知りたいとポアロは思った。この事件全体で、ロペスはどういう役割を果たしたのだろう？　ハティ・スタッブズが死んでいるなら――彼女が殺されたなら――なんらかの形でマーリーン・タッカーがその殺人を目撃して……そのせいでマーリーンも口を封じられた……。

ジョージ・スタッブズ卿が部屋に入ってきた。

「ブランド警部があなたに書斎でお会いしたいそうです、ムッシュー・ポアロ」スタッブズ卿は言った。

ポアロは立ち上がって書斎に行った。

現場に最初に駆けつけたホスキンズ巡査が壁際のテーブルの前にすわり、そこにブランド警部も加わっていた。ブランド警部はやわらかな心地よいデヴォン訛りでポアロに挨拶すると、共通の友人であるスコット警視の名前を出した。

「彼は昔からの友人なんです、ムッシュー・ポアロ。あなたのことをしじゅう聞かされていたので、あなたとは前からの知り合いのような気がしています」

警視の話を少ししてから、ブランドは切りだした。

「この事件について、少々お力を貸していただけるとありがたいのですが、ムッシュー・ポアロ。まったく手探り状態でして。屋敷に滞在していらっしゃるそうですね、たしか？　失礼ですが、何か特別な理由があってのことですか？」

「あなたがお考えのような理由でいるのではありません。いわば仕事で来たのです。ミステリ作家のアリアドニ・オリヴァ夫人が、今日のお祭りのために犯人探しのゲームを企画することになりまして。彼女は昔からの友人で、最高の解決をした人に賞品を渡す役をしてくれと頼まれたのです」

「なるほど。しかし、屋敷に滞在されていたのなら、みなさんを観察する機会がおありでしたでしょうな」

「ごく短い時間ですよ」ポアロは指摘した。

「それでも、たぶん、われわれの知りたいことを話していただけるはずです。まず、ジョージ・スタッブズ卿と奥さんの関係はどうでしたか？」

「非の打ち所がありませんね、はっきり申し上げて」

「いさかい、口論などはなかった？　ピリピリした緊張とかは？」

「それはなかったでしょう。ジョージ卿は妻にのめりこんでいるようでしたし、彼女の方も同じでした」

「では、彼女が家を出ていく理由はまったくない？」

「先に申し上げておくべきでした。まったくそうする理由はありません」

「現実として、それはまずありえないとお考えなんですね？」警部は重ねて念を押した。

「何であれ、女性のすることに対してありえないと言うつもりはないですよ」ポアロは用心深く答えた。「女性は奇妙な理由で、われわれ男性には理解できないことをあれこれしますから。たしかに、奇妙なタイミングを選んだものですが――お祭りの最中とは。レディ・スタッブズはアスコット競馬場向きの服を着て、とても高いヒールをはいていたのです」

「もしや――別の男性の影はありませんでしたか？」

ポアロは一瞬躊躇してから口を開いた。

「マイケル・ウェイマンという青年が屋敷にいます。建築家です。彼はレディ・スタッブズに惹かれていました――それについてはまちがいないでしょう。しかも、彼女はそれを承知していた」

「レディ・スタッブズも彼に惹かれていたのですか？」

「もしかしたら。正直に申しますと、そうは思いませんが」

「ともあれ、彼はまだここにいます。そして、彼女に何があったのかと死ぬほど心配していました――わたしが考える以上に優秀な役者でない限りね。その点では、全員が心配していました――不思議ではありません。率直に申し上げます――彼女は人殺しをしかねない人間ですか、ムッシュー・ポアロ？」

「そうは言えないでしょう――それに彼女をよく知るフォリアット夫人は、それをきっぱりと否定しました」

　思いがけずホスキンズ巡査が口を開いた。

「このあたりじゃ、奥さんの頭がちょっといかれてるのは有名でしたよ――完全にってわけじゃないですけど。ときどき妙な笑い声をあげるんです」

　ブランドは心配そうに額をこすった。

「そういう頭の弱い人間は」とブランドは言った。「一見まともに見える――とても性格がよくて――しかし、些細なことでたががはずれかねない。彼女がマーリーン・タッカーの目に悪魔を見たと思ったら——ああ！　突飛な話だということはわかってますが、つい最近もノース・デヴォンでそういう事件が起きたんです。ある女性が悪魔を退治するのが自分の義務だと信じこんだんですよ！　レディ・スタッブズは自分だけの馬鹿げた理由で、この女の子を殺したのかもしれない。そしてはっと我に返り、自分のしたことに気づき、川辺に行って身投げしたのかもしれません」

ポアロは黙っていた。彼の心は警部の言葉から離れ、遠くをさまよっていた。きのう、フォリアット夫人が言った言葉がまた聞こえていた。世間には悪がはびこっていて、そこに住んでいる人はみんなよこしまだ。もしフォリアット夫人がマーリーン・タッカーの目に悪魔を見つけたとしたら……神の啓示を受けたと感じて、首にひもを巻きつけて、マーリーン・タッカーの中の悪魔を絞め殺したのはフォリアット夫人だったとしたら……そしてハティ・スタッブズは嫌っているいとこに会うのを避けるために、ボートハウスにやって来て、フォリアット夫人がマーリーンの死体のわきにいるのを見てしまう。いくらハティがフォリアット夫人に好意を持っていても、ああいう精神状態では黙っていることは期待できない。ではそれからどうしたのだろう？　フォリアット夫人はハティまで口を封じたのか？　しかし、だとしたら、ハティの死体はどこにあるのだろう？小柄で弱々しいフォリアット夫人が助けもなく死体を処分できるはずがなかった。

また同じ結論に戻ってきた。

ハティ・スタッブズはどこにいるのか？

ブランド警部が眉をしかめて言った。

「ふたつのことは結びついているように思えるんです――殺人と行方不明は。まったく無関係のできごとのはずがない――とりわけ、レディ・スタッブズがいきなり姿をくらます理由はないようですし――」

「あの女性はただほっつき歩いているのかもしれませんよ、少々おつむがいかれてますから」巡査が意見を言った。

「それにしても何か理由があるはずだ」ブランドが頑固に言い張った。

警部は問いかけるようにポアロを見た。

「何か意見をうかがえませんか、ムッシュー・ポアロ？」

「今朝、ミスター・ロペスから、今日こちらに来るつもりだという手紙を受けとって、彼女は驚き、動揺しているようでした」

ブランドは眉をつりあげた。

「しかし、西インド諸島を出発する前に、すでに手紙を出していたんですよ――イギリスに行くつもりだと」

「ロペスがそう話したのですか？」

「ええ、そう言ってました」

ポアロは首を振った。

「彼が嘘をついているか──彼の手紙がどこかにまぎれたか。レディ・スタッブズはその手紙を受けとっていませんでした。彼女もジョージ卿も今朝、ひどく驚いた様子でした」

「そして、彼女は動揺していた？」

「かなり取り乱していました。いとこは悪い人だ、よこしまなことをする、だから会うのが怖いとわたしに訴えていましたよ」

「彼を恐れていた、と言うんですね？」

ブランドはその点について考えこんだ。

「ロペスはきわめて協力的でした。いわゆる調子のいいタイプですね──本心では何を考えているのかわかりませんが、非常に礼儀正しかった。ヨットに訪ねていくと、船を調べてかまわない、と自分から申し出たんですよ。レディ・スタッブズはヨットに来ていないし、彼女とはまったく会っていないと断言しました」

「わたしの知る限り、それは本当ですよ」ポアロは言った。「ロペスがお祭りにやって来たとき、レディ・スタッブズはすでに姿を消していたのです」

「レディ・スタッブズは彼と会いたくなければ、部屋にこもって頭が痛いと言えたはずです」

「簡単そのものですな」

「ですから、彼に会いたくないだけではなかった……逃げるぐらいだから、心底ロペスを恐れていたにちがいありません」

「ええ」とポアロ。

「とすると、ロペスは実はもっと凶悪な人間だということになるが……それでも――逃げただけなら、まもなくつかまえられるはずです。どうしてまだ見つからないのかわけがわかりませんよ……」

言葉には出されないが、二人の頭にぞっとするような可能性が浮かんだ……。

「殺害された少女に戻りますが、家族には話を聞きましたか？」ポアロが言った。「殺される理由がないと言っていましたか？」

「まったくないそうです」

「彼女はもしや――」ポアロはあいまいに言葉を濁した。

「いえいえ、そういう被害はまったくありませんでした」

「よかった」ポアロはマーリーンが色情狂について言っていたことを思い返した。「ボーイフレンドもいなかったようです」警部がつけ足した。「あるいは両親がそう言っているだけか。たぶんそうなのでしょう――漫画本に走り書きしていたことは、ただの願望だったのでしょう」

警部は肘のあたりに積まれた漫画本を手ぶりで示した。ポアロがさっきボートハウスで見かけたものだった。

ポアロは訊いた。「よろしいですか？」ブラントはうなずいた。

ポアロはすばやくページをめくっていった。不揃いな子どもっぽい文字で、マーリーンは日常におけるコメントを書き殴っていた。

「ジャッキー・ブレークはスーザン・バーンズとつきあってる」「ピーターは映画館で女の子をつねっている」「ジョージー・ポージーは森でハイカーたちとキスしている」「ベティ・フォックスは男の子が好き……」「アルバートはドリーンとつきあってる」

若く未熟な走り書きが、ポアロには哀れに感じられた。ポアロは本をテーブルに戻した。そのときふいに、何かを見落としているという感覚に襲われた。何か――当然あるべきものが――。

つかのまの閃きは、ブランドがしゃべりかけてきたので消えてしまった。

「これといった争いの跡もありませんでした。どうやら、ただの冗談だと思って、誰かにひもを首に巻きつけさせたようです」

ポアロは言った。

「それなら簡単に説明がつきますよ――彼女が相手を知っていたなら。ある意味で、それは彼女が予期していたことだったのです。いいですか、マーリーンは殺人の被害者になる予定だったのですよ。お祭りに関係している相手となら、進んでその役になる『準備』をしたでしょう」

「たとえばレディ・スタッブズと？」

「そうです」

ポアロは続けた。「あるいはオリヴァ夫人やレッグ夫人、ミス・ブルーイスあるいはマスタートン夫人でも。それを言うなら、ジョージ卿やワーボロー大尉、アレック・レッグ、あるいはマイケル・ウェイマンでも」

「たしかに」ブランドは言った。「範囲が広いですね。二人の人間しか確かなアリバイがありません。ジョージ卿は午後じゅう余興を担当していて、正面の芝生を離れませんでした。ワーボロー大尉も同じです。ミス・ブルーイスはそれができたかもしれません。屋敷と庭のあいだを歩いていけば、十分ぐらい姿を消していても気づかれません。レッグ夫人も占いテントを出た可能性があります。ただし、可能性としてはありないですが。途切れなくお客が並んでいましたから。オリヴァ夫人とマイケル・ウェイマンとアレック・レッグは敷地じゅうをうろついていました――アリバイはまったくありません。しかし、あなたはこの犯罪から、お友だちの女性作家を除外するように主張されるでしょうな」

「一人として例外はありませんよ」ポアロは言った。「なんといってもオリヴァ夫人が犯人探しの企画を立てたのです。彼女はあの女の子がボートハウスで一人きりになるように計画した。屋敷のそばの人混みから遠い場所で」

「これはまた、ムッシュー・ポアロ、まさか――」

「いいえ、そうではありません。まだ非常に漠然としたものをつかもうとしている段階なのです……これまでのところ、とまどっているのですが。もうひとつ問題が、というか手がかりがあります。オリヴァ夫人とわたしが死体を発見したとき、オリヴァ夫人はドアを鍵で開けたのです。最後の『手がかり』になるはずのもうひとつの鍵があるはずなのです。それはちゃんとありましたか？」

ブランドはうなずいた。

「ええ。紫陽花の遊歩道にある小さな中国風の陶器の東屋にありました。誰もその手がかりまで行き着いていなかったんです。三つ目の鍵は屋敷内でした――玄関ホールの引き出しの中です」

「誰もが手にとれるところだ！　いずれにせよ、マーリーンの知った人間がドアをノックして開けてくれと言ったら、彼女はそうしたでしょう。マスタートン夫人か、あるいはフォリアット夫人が――」

「マスタートン夫人はずっとお祭りにいたという証拠がありますよ。フォリアット夫人も同じです」

「フォリアット夫人が――なんというか――女主人役をしていたのを目にしました」

「ここは本来なら彼女の家ですからね」ホスキンズ巡査がきっぱりと言った。「グリーンショア屋敷にはずっとフォリアット家が住んでいたんですわ」

ポアロは巡査をじっと見つめた。警部が言っていることが耳に入らず、最後の部分だけを聞いた。

「――あの娘が殺されなくてはならない理由はまったくないんです。レディ・スタッブズの居所を突き止めたら、もっといろいろわかるでしょう」

「そうできたらね」ポアロは言った。

ブランドは自信たっぷりに笑った。

「生きていようが死んでいようが——彼女はちゃんと見つけますよ。冗談じゃない、女一人が跡形もなく消えてしまうことなんてありえませんよ」

「不思議です」ポアロは言った。「実に不思議ですよ……」

八章

何週間かが過ぎた。どうやらブランド警部の自信たっぷりの言葉はまちがっていたようだ。女一人は跡形もなく消えてしまうことができたのだ！　生きているにしろ死んでいるにしろ、レディ・スタッブズの姿はどこにもなかった。体の線を強調するような赤紫色のアスコット競馬場向きのドレスとハイヒールと大きな黒い日よけ帽子のまま、彼女は自分の家の混雑した芝生から歩み去った——そして二度と誰も彼女を目にしなかった。悲嘆に暮れる夫は警察署にしつこく訴え、警察署長からスコットランドヤードに協力要請が出された。しかしハティ・スタッブズは見つからなかった。レディ・スタッブズの行方不明事件とマーリーン・タッカーの未解決の殺人事件に割かれていた新聞の紙面は、じょじょに小さく目立たなくなっていった。ときおり思いだしたように、警察は誰かに話を聞きたがっている、あるいは話を聞いた、という趣旨の小さな一文が載ったが、そうした聴取からは何も得られなかった。

少しずつ、世間はマーリーンの殺人とレディ・スタッブズの行方不明のどちらの事件にも興味を失っていった。

お祭りの日から二カ月後のある十月の午後のこと、そのブランド警部がエルキュール・ポアロに電話をかけてきた。ロンドンを通りかかるので、ちょっとお寄りしてお目にかかれないか、ということだった。

ポアロは愛想よく、どうぞどうぞと応じた。

受話器を置いてから、ちょっとためらったのち、オリヴァ夫人の番号にかけた。

「ただし」と彼はあわてて交換手に告げた。「仕事中ならつながないでください」

以前、創造的な思索にふけっていたときに邪魔して、こっぴどく叱られたことを覚えていたのだ。その結果、世間の人々は、古めかしい長袖のウールの肌着にまつわる刺激的なミステリ小説を読むチャンスを奪われたのだった。

だが、すぐにオリヴァ夫人の声が聞こえてきた。

「電話をくださって本当によかったわ。『いかにして本を書くか』という講演に出かけるところだったの。これで、やむをえない用事で足止めを食ったから行けないと秘書に電話をかけさせられるわ」

「だけど、マダム、お邪魔をするわけには——」

「邪魔どころか。わたし、とんでもない道化になるところだったんですもの。だって、本をどうやって書くかについて、何を語れるっていうの？　まず何かを思いつかなくてはならない。そうしたらそれについてあれこれ考えながら、否でも応でもじっとすわって書くの。それだけ！　たった三分あれば説明できちゃうわ。それで講演はおしまい――聞きに来た人たちはあきれ返ったでしょうね。どうして誰も彼もが、書くことについて作家に語らせようとするのかわけがわからないわ――作家の仕事は書くことであって、しゃべることじゃないのよ」

「それでも、わたしがおたずねしたいのは、どうやって書くかについてで――」

「たずねてもかまわないけど、たぶん答えは自分でもわからないわ。ただ書くだけなのよ。ちょっと待って――馬鹿げた帽子をかぶってるの、その講演のために。これを脱いじゃわないと。おでこがチクチクするのよ！」

しばらく沈黙が続いてから、ほっとした声でオリヴァ夫人がまた電話口に戻ってきた。

「最近、実際のところ帽子は象徴よね、そうじゃない？　しかるべき理由があって帽子をかぶる人はもういないっていう意味よ――頭が冷えないようにとか、日差しをさえぎるとか、会いたくない人から顔を隠すとか――失礼、ムッシュー・ポアロ、何かおっしゃって？」

「叫び声をあげただけです。実にすばらしい」ポアロは言った。その声には畏敬の念がこもっていた。「いつも——決まって、あなたはわたしにアイディアを与えてくださる……何年も会っていないが、友人のヘイスティングズもそうでした……しかし、それについてはもうこのくらいで。ひとつ質問させてください。あなたは原子科学者を知っているのですか、マダム？」

「原子科学者を知っているかですって？」オリヴァ夫人は驚いた声で言った。「わからないわ。もしかしたら知っているかもしれないわね。教授は何人か知っているから——ただ、彼らが実際に何をしているのかはまるっきりわからないわ」

「それでも、原子科学者を犯人探しの容疑者の一人にしたのですね」

「ああ、そのこと。そうね、たんに時代の先端を行く感じだったからよ。去年のクリスマスに甥にプレゼントを買いに行ったら、SF小説と、成層圏を飛ぶ超音速飛行機のおもちゃしかなかったの！それでわたしは考えたのよ。第一容疑者を原子科学者にしたらいいんじゃないかしらって。それに専門用語が必要なら、アレック・レッグにいつでも教えてもらえるでしょ」

「アレック・レッグ？ペギー・レッグの夫ですね——彼は原子科学者なのですか？」

「ええ、そうよ。ハーウェル——じゃなくてウェールズのどこかに住んでるの。それともブリストルだったかも。あの夫婦がダートに借りていたのはたんに休暇のコテージだったのよ。あら、そうね、たしかにわたし、原子科学者を知っていたわね」

「そしておそらく彼とグリーンショアで会ったことで、原子科学者のアイディアが頭に入りこんだのですよ。しかし、彼の奥さんはユーゴスラビア人ではありませんね？」

「あら、まさか！　ペギーは生粋のイギリス人よ」

「では、ユーゴスラビア人の妻のアイディアの出所はどこでしょう？」

「ほんとにわからないわ……たぶん亡命者かしら……隣のユースホステルの外国人の女の子かもしれないわ——しょっちゅう森から不法侵入してきて、たどたどしい英語でしゃべっているの」

「なるほど……ええ、わかります……多くのことが見えてきました。他にもあります。マーリーンに与えた漫画本の一冊に手がかりが書かれていた、とおっしゃっていましたね」

「ええ」

「それはこういう手がかりでしたか？」ポアロは記憶を呼び起こそうとした。「『ジョニーはドリーンとつきあっている。ジョージー・ポージーはハイカーとキスする。ベティはトムにお熱だ』」

「まあ、あきれた、まさかちがうわよ。そんな馬鹿げたものじゃないわ。わたしの手がかりは直接的な手がかりよ。『ハイカーのリュックサックの中を見ろ』」

「すばらしい《エパタン》！」ポアロは言った。「当然、それは隠さなくてはならなかった！ さてあとひとつだけ。シナリオにさまざまな変更が提案されたとおっしゃっていましたね。抵抗したものもあるし、受け入れたものもあると。ボートハウスで死体が発見されるのは、もともとあなたのアイディアだったのですか？ 慎重に考えてください」

「いいえ、ちがうわ。わたしは死体を屋敷の近くのあの古めかしいサマーハウスで発見させる予定だったの。シャクナゲの裏あたりでね。でも、みんなが最後の手がかりは屋敷から離れた人気のない場所がいいって言ったのよ。その直前に阿房宮《フォリー》の手がかりのことでさんざん騒いでごり押ししたあとだったので、どうでもよくなって折れたのよ」

「阿房宮か」ポアロは低い声でつぶやいた。「常に阿房宮に戻ってくる。わたしが屋敷に到着した日、マイケル・ウェイマン青年はあそこに立って、こんなところに建てるべきではなかったと言っていた……ジョージ卿の阿房宮……」

「木が倒れたので、あそこに建てたのよ、マイケル・ウェイマンがそう言っていたわ」

「さらに彼は土台が腐っているとも言っていた――あなたがあのお屋敷について感じたのは、それだったのだと思います、マダム――だから、わたしを呼んだのです――腐っているのは目で見えるものではない――その下に隠されているものなのです――あなたはそれを感じとった――あなたは正しかったのです」

「何をおっしゃっているのかよくわからないわ、ムッシュー・ポアロ」

「噂が人生において、非常に大きな役割を演じることについて考えたことはおありですか、マダム？　『ミスターAはこう言った』『B夫人はわたしたちにこれこれと言った』『ミスCは理由を説明した』などです。そして、すでにわかっている事実が言われたことと合致すれば、わたしたちは絶対にそれを疑問に思いません。自分には関係のないことはたくさんあるので、わざわざ真実を暴こうという気にはならないのです」

「ムッシュー・ポアロ」オリヴァ夫人は興奮した口調になった。「あなた、何かわかったような口ぶりね」

「実を言うと、しばらく前からわかっていたのだと思います」ポアロは夢見るように言った。「とてもたくさんの無関係な些細な事実――しかし、すべてが同じ方向を指していたのです。失礼、マダム、玄関のベルが鳴っています。わたしに会いに来たブランド警部のようです」

ポアロは受話器を置くと、お客を招じ入れた。

九章

「もう二カ月ですね」ブランドは言って、椅子にもたれるとポアロに出された中国茶をおそるおそるすすった。

「二カ月たっても――いまだに彼女の手がかりはありません。この国で、こんなふうにふっつりと姿を消すのは、そうそうたやすいことじゃない。しかも、すぐに追跡にかかったのに。そして、現在も捜査を続けています。あの男のヨットで去ったというのはまちがっています。乗っていなかったのですから。あのヨットは徹底的に捜索しました。彼女は生死にかかわらず、あれには乗っていなかった」

「どういうヨットだったのですか？」ポアロはたずねた。

ブランドはポアロを不審そうに見た。「密輸用の急ごしらえの船じゃありませんよ。それをおたずねなら。巧妙な隠し小部屋や秘密の穴なんてものはありませんでした」

「そういうことをお訊きしているのではありません。ただ、どういうヨットだったのかと――大きかったか小さかったか」

「ああ、見事なヨットでした――かなり金がかかっているにちがいありませんね。どこもかしこもしゃれていて、新しくペンキが塗られ――豪勢な内装でした」

「やはりね」ポアロは満足そうだった。

「何をおっしゃりたいんですか、ムッシュー・ポアロ？」

「ポール・ロペスは金持ちだった。それは非常に意味深いことです」

「おそらく。しかし理由がわかりません。レディ・スタッブズはどうなったとお考えなんですか、ムッシュー・ポアロ？」

「もはや疑いはありません――レディ・スタッブズは死んでいますよ」

ブランドはのろのろとうなずいた。

「ええ、わたしもそう考えています。彼女の帽子を見つけたんですよ。川から拾い上げました。麦わら帽子だったので、水面に浮かんでいました。死体ですが、あの午後は川の流れが速かったんです。海まで流されたかもしれません。いつかどこかに打ち上げられるかもしれない――これだけ時間がたつと、身元を確認するのは簡単ではないだろうが。ええ、わたしはそれについては確信があります。彼女はダート川に沈んでいる――自殺にしろ他殺にしろ」

ロは言った。

「改めて繰り返しますが、殺人であることは疑いがありませんよ」エルキュール・ポア

「誰が殺したんですか？」

「誰だか思いつきませんか？」

「いろいろと思いつくものの、証拠がないんです。おそらくポール・ロペスに殺されたんだと思いますね。彼は小さなランチでグリーンショアに一人でやって来た、覚えておいでしょう。ロペスはボートハウスのそばにランチをつけ、レディ・スタッブズは彼に会いにひそかにそこに行ったのでしょう。ロペスは彼女の頭を殴りつけるとか、胸を刺すとかして、川に死体を投げ込む。それを誰も目撃していないというのは、ありえないことに思われるかもしれませんね――夏には川を何隻もの船が行き交っていますから。しかし、実際には、人が殺されるとわかっていない限り、まさかそんなことが行なわれているとは誰も思わないものなんです！　船は馬鹿騒ぎや歓声でうるさく、人々は押し合いへし合いしていましたから、現場を目にしてもたんなる休暇のお楽しみぐらいにしか思わなかったでしょう！　たまたま目撃した一人がマーリーン・タッカーだった。彼女はボートハウスの窓からそれを見て、そのせいでやはり殺される羽目になった」

ブランド警部は言葉を切り、問いかけるようにポアロを見た。

「しかし、証拠がないんです。それにロペスはもう帰国してしまった。彼を勾留しておく証拠もなかった。彼がなぜハティ・スタッブズを殺したかすらわかっていないんです。ロペスは金銭的に得るものもなかった。ハティはあそこの地所を所有していなかったし、自分のお金もありませんでした。結婚後半年で、ジョージ卿が設定した贈与財産しかなかった。われわれは経済状況を洗いざらい調べたのです。ジョージ卿はとても裕福です――でも奥さんは文字どおり一文なしだったのです」

ブランドはいらだたしげにため息をついた。

「それで、動機は何でしょうね、ムッシュー・ポアロ？　ロペスにはどういう得があったのでしょう？」

ポアロは椅子にもたれ、左右の指先をくっつけると、静かな一本調子の声で語りはじめた。

「時系列で事実を追ってみましょう。グリーンショア屋敷が売りに出ています。西インド諸島出身の女性と結婚したばかりのジョージ・スタッブズ卿が屋敷を買います。妻はパリで教育を受けた孤児で、両親の死後はフォリアット夫人に世話をしてもらっていました。フォリアット夫人はグリーンショア屋敷の元所有者の未亡人です。ジョージ卿はおそらくフォリアット夫人に勧められて屋敷を買うことになり、夫人を番小屋に住まわせてあげます。フォリアット家でかつて働いていた老人によると、グリーンショア屋敷には常にフォリアット家の人間がいるということです」

「老マードルのことですか？　船着き場のそばのコテージに住んでいた？」

「住んでいた？　亡くなったのですか？」

「ある晩、対岸のダーツウェイから戻ってきたんですが、飲みすぎたせいで足を滑らせて船着き場から落ち、溺れ死んだと考えられています」

ポアロは言った。「事故ですか？　まさか……」

「事故じゃなかったとお考えですか？　彼は何か知っていたんでしょうか、もしかしたら孫娘の死について？」

「孫娘ですと？」ポアロはさっと体を起こした。その目は興奮で緑色にきらめいていた。

「マ、マ、マーリーンは彼の孫娘だ、だ、だったのですか？」

「そうです。彼の娘の子どもでした」

「そうだったのか」ポアロは言った。「なるほど……予測するべきだった……」

ブランドがそわそわと身じろぎした。

「あの、ムッシュー・ポアロ、よくわからないのですが……」

ポアロは威厳たっぷりに片手を上げた。

「先を続けさせてください。ジョージ卿は若い妻をグリーンショア屋敷に連れてくる。到着の前日に、猛烈な嵐に見舞われた。あちこちで木が倒れた。一カ月後に、ジョージ卿はいわゆる阿房宮と呼ばれるものを、大きなオークの木が根こそぎ引き抜かれた場所に作ることに決めた。それはある建築家によると、そういう建物にはまるっきりふさわしくない場所でした」

「ジョージ・スタッブズにはその程度の頭しかないということなのでしょうな」

「それでも、彼は非常に趣味のいい人間だと言う人もいました。意外なほど趣味がいいと……」

「ムッシュー・ポアロ、いったい何をおっしゃりたいのですか？」

「わたしはある物語を再構築しようとしているのです――実際にあったにちがいない物語を」

「しかし、いいですか、ムッシュー・ポアロ、殺人からどんどん離れていませんか？」

「これは殺人の物語なのです。しかし、最初から始めねばなりません……」

十章

　エルキュール・ポアロは大きな錬鉄の門の前でちょっと足を止めた。カーブした私道の先に視線を向けた。木々からは黄金色の木の葉がはらはらと舞い落ちてくる。芝生におおわれた土手では、小さな藤紫色のシクラメンが一面に咲き誇っていた。

　ポアロはため息をついた。グリーンショアの美しさが胸にしみた。それから横を向き、そっと小さな白い漆喰塗りの小屋のドアをノックした。

　少しして、中で足音が聞こえた。ゆっくりとしたためらうような足音。ドアがフォリアット夫人によって開けられた。彼女が年老いて弱々しく見えることに、今日のポアロは驚かなかった。

　フォリアット夫人は言った。「まあ、ムッシュー・ポアロ？」そして後ろにさがった。

「お邪魔してもよろしいですか？」

「ええ、どうぞ」

フォリアット夫人のあとからポアロは小さなリビングに入っていった。マントルピースには、きゃしゃなチェルシー焼きの人形が並んでいた。繊細なプチポワン刺繡の布が張られた椅子が二客、小さなテーブルの上にはダービー磁器のティーセット。過去のえり抜きの宝物が、家族よりも長生きした老婦人とともに、ここで暮らしているのだ。

フォリアット夫人はポアロにお茶を勧めたが、彼は断った。それから夫人は静かな声でたずねた。

「どうしていらっしゃいましたの？」

「あなたには想像がつくと思いますが、マダム」

フォリアット夫人はあいまいに答えた。

「わたし、とても疲れてますの」

「承知しています。これで三人が殺されたわけですから。ハティ・スタッブズ、マーリーン・タッカー、老マードル」

フォリアット夫人は語気を荒げた。

「マードルですって？　あれは事故でした。船着き場から落ちたんです。とても年寄りで目もろくに見えなかったし、パブでかなり飲んでいたんですよ」

「事故だとは思っていません。マードルは知りすぎたのです」

「何を知ったというのですか?」

「ある顔か、歩き方か、仕草か、それに気づいたのです。以前ここに来たときに、彼と話をしました。彼はフォリアット一族について話してくれました——あなたの義父とご主人について、戦死した息子さんたちについて。ただし、息子さんは二人とも亡くなったわけではないのではありませんか? ご長男のヘンリーは船とともに沈んだが、ご次男のジェームズは戦死しなかった。除隊したのです。たぶん最初は『行方不明により戦死と推定される』という公報が届いたのでしょう。のちに、あなたはみんなに戦死したと伝えた。自分には関係がないことですし、誰もその言葉を疑いませんでした。当然でしょう?」

ポアロはちょっと言葉を切ってから先を続けた。

「あなたに同情を感じていないなどとは思わないでください、マダム。あなたにとって人生はつらいものでしたね、わかりますよ。下の息子さんに対しては失望を感じられていた。しかし、それでも息子であることには変わりないし、あなたは彼を愛していた。息子さんに新しい人生を与えるために、できる限りのことはなさったのです。あなたは若いお嬢さんの後見をなさっていた。彼女は知能は低かったがとても裕福だった。ええ、そうです、彼女は裕福だったのです。しかし彼女が貧乏なので、いくつも年上の金持ちの男性と結婚するように勧めた、そうあなたは言いふらしたのです。あなたの話を疑う人はいないでしょう。もう一度言いましょう、自分には関係のないことなのですから。彼女の両親も近い親戚もすでに亡くなっていました。パリの修道院の学校にいたので、西インド諸島の弁護士に指示されたとおりに、パリの弁護士事務所が事を運びました。結婚すると、彼女は自分自身の資産を自由に使えることになっていました。以前あなたが話してくださったように、彼女はおとなしく、愛情深く、人の言うままになった。夫がサインしてほしいと頼んだすべての書類に、彼女はサインした。有価証券はおそらく名義変更され、何度も売却を繰り返されたのでしょう。しかし、最終的に夫には望みどおりの経済力が手に入った。あなたの息子さんがなりすました新しい人物、ジョージ・スタッブズ卿は大金持ちで、妻は貧乏人だった。『卿』と名乗ることは違法ではない。称号は信用をもたらします——生まれつきではなくても、まちがいなく富を示唆するのです。金持ちのジョージ・スタッブズ卿は年をとり顎鬚をたくわえ、昔とは外見も変わっていた。そしてグリーンショア屋敷を買い、生まれた場所であるその屋敷に住むようになったのです。あのあたりも戦争で荒廃し、彼に気づきそうな人間はもう残っていませんでした。しかし、老マードルは覚えていた。彼はそのことをずっと胸におさめていました。ただし、常にグリーンショア屋敷にはフォリアット家の人間がいる、といたずらっぽくわたしに言ったのは、彼だけにわかるジョークだったのですね。

こうして万事うまくいった。少なくともあなたはそう考えていました。あなたの計画はそこでおしまいだったのでしょう。あなたは息子さんに富と先祖伝来の家を与えた。妻は知能が低いとはいえ、美しく温和な女性だ。息子が彼女にやさしくしてくれれば、彼女も幸せだろう。あなたはそう願っていたのでしょうね」

フォリアット夫人は低い声で言った。

「わたしはそうなるものと考えていたのです。ずっとハティの面倒を見て、世話をしてあげようと。まさか夢にも——」

「あなたは夢にも思わなかった——息子さんがわざとあなたに言わなかったとは。ハティと結婚したときに、すでに彼には妻がいたことを。

ええ、そうなのですよ。われわれは存在するにちがいない記録を探したのです。息子さんはトリエステの女性と結婚していました。イタリアとユーゴスラビアの血が入った女性で、息子さんと別れる気はこれっぽっちもなかったし、息子さんの方も彼女と別れるつもりはなかった。彼はハティとの結婚を、富を手に入れる手段として受け入れたのです。しかし、頭の中には、最初から計画ができあがっていたのです」

「嘘、ちがいます、そんなこと信じません！……あの女のせいだったんです……あの邪悪な女の」

ポアロは容赦せずに言葉を続けた。

「彼はもともと殺すつもりだったのですよ。ハティには親戚もなく、友だちもほとんどなかった。イギリスに帰ってきてすぐ、彼はハティをここに連れてきました。そして、その日ハティ・スタッブズは死んだのです。お祭りの日には、本物のレディ・スタッブズはすでに亡くなってから一年半がたっていたのです——二人がここに到着したまさにその日に、彼はハティを殺害したのです。最初の夜、使用人たちはほとんどハティを見かけなかった。翌朝、彼らが会った女性はすでにハティではなかったのです。ハティになりすまし、ハティそっくりにふるまっていたイタリア人の妻だったのです。そこで、すべては終わったかもしれません。偽のハティはレディ・スタッブズとして一生をちゃんと全うしたかもしれません——『新しい治療』などという怪しげなもののおかげで、じょじょに知力が改善されていくふりもしたでしょうな。秘書のミス・ブルーイスはすでにレディ・スタッブズの頭の働きにはほとんど問題がなく、知能が低いふりをしていることに気づいていました。

しかし、まったく予想外のことが起きたのです。ハティのいとこがヨットでイギリスに行くと手紙を寄越したのです。そのいとこは長いあいだハティに会っていませんでしたが、さすがに偽者にはだまされそうになかった。

この状況にはいくつかの対処方法があったかもしれません。しかしポール・ロペスがイギリスに長く滞在したら、『ハティ』がずっと彼と会わずにいることはほぼ不可能でしょう。だがもうひとつやっかいなことが起きました。老マードルが饒舌になり、孫娘としじゅうおしゃべりをするようになったのです。老人の話に耳を傾けるのは彼女しかいなかったのでしょう。もっともマーリーンは祖父が少しぼけたと考え、以前、森で女性の死体を見かけたことや、ジョージ卿は実はミスター・ジェームズだとかいう話にはろくに関心を示しませんでした。彼女も少々おつむが足りなかったのです。ただし、いろいろなことを『ジョージ卿』にほのめかすぐらいの好奇心は持っていたのです。そうすることで、自分の死刑執行令状にサインしてしまったのですが。夫婦はマーリーンが殺され、ポール・ロペスに漠然とした容疑がかかる状況で『レディ・スタッブズ』が姿を消す計画を練りました。

それをするために、『ハティ』は第二の人物になりすましました。というか、もともとの自分に戻ったのですね。ジョージ卿が見て見ぬふりをすれば、ふた役を演じるのは簡単でした。彼女はイタリアの女子学生としてユースホステルに現われ、散歩に出かけ、それからレディ・スタッブズになったのです。ディナーのあとで、レディ・スタッブズは早めに休むと言っておいて、こっそり屋敷を抜けだし、ホステルに戻り、その夜はそこで過ごす。翌朝は早く起きて外出し、またもやレディ・スタッブズとして朝食のテーブルに現われたのです！　頭痛を言い訳にして午後まで部屋で過ごすと言いましたが、またもや、ジョージ卿の助けで、ホステルにいた女の子といっしょに不法侵入を演じてみせました。着替えはさほどむずかしくなかった――レディ・スタッブズの凝ったドレスの下に、ショートパンツとシャツを着こんでいたのです。ハティのときはこってりと白く塗るメイクで、顔を隠す大きなクーリー帽をかぶる。イタリア女性のハイカーのときは派手な田舎風のスカーフ、大きな眼鏡と栗色の髪。わたしはどちらの女性にも会いました――しかし、同一人物とは夢にも思いませんでした。お祭りから抜けだしたのは『レディ・スタッブズ』の方でした。人気のないボートハウスに行き、無防備なマーリーンを絞殺した。帽子は川に投げ捨て、アスコット競馬場向きの服とハイヒールはまえもってボートハウスの近くに隠しておいたリュックに詰めこんだ。それからイタリア娘としてお祭りに戻り、たまたま知り合ったオランダ娘と合流し、いっしょにいくつか余興を楽しんだ。そのあと友人に前から言っておいたように、地元のバスでその他大勢の一人として立ち去った。ユースホステルには毎日四、五十人の宿泊客がいます。まったく関心を引くことも、疑いを抱かれることもありません。そしてロンドンに戻ると、ジョージ卿と『出会う』絶好のタイミングを静かに待ち、彼がついに妻の死を受け入れたときに結婚する手筈になっていたのです」

長い沈黙が続いた。やがてフォリアット夫人は椅子にすわったまま背筋をピンと伸ばした。その声は氷のように冷たかった。

「なんて荒唐無稽なお話なのかしら、ムッシュー・ポアロ。レディ・スタッブズは一人だけだったと保証できますわ。気の毒なハティはずっと——気の毒なハティのままでした」

ポアロは立ち上がると、窓を開けた。

「耳をすませてごらんなさい、マダム。何が聞こえますか?」

「わたしは少し耳が遠いので。何が聞こえるというのかしら?」

「つるはしの音です……阿房宮のコンクリートの土台を壊しているんです。死体を埋めるにはうってつけの場所ですよ——木が引き抜かれ、地面がすでに掘り返されていたのですから。そして、そのすぐあとで、安全のために死体が埋まっている地面の上にコンクリートを流し、阿房宮を建てた……」ポアロはそっとつけ加えた。「ジョージ卿の阿房宮……」

わななくような長いため息をフォリアット夫人はもらした。

「実にすばらしいお屋敷ですな」ポアロは言った。「ただひとつ邪悪なのが……お屋敷のご主人です……」

「わかっています」彼女の言葉はかすれた。「ずっとわかっていました。子どものときでさえ、あの子には恐怖を感じました……残忍で……無慈悲で……良心というものがない……それでもあの子はわたしの息子で、わたしはあの子を愛しています……ハティが亡くなったあとですべてを話すべきでした……でも、実の息子なのです――この手で警察に引き渡すことなどできなかったのです。そして、わたしの沈黙のせいで――あのかわいそうな愚かな子は殺された……それに女の子の死後、老マードルまで……どこで終わるのでしょうか？」

「殺人者にとって終わりはないのです」ポアロは言った。

フォリアット夫人は頭を垂れた。しばらくのあいだ、そうやって両手で目を覆っていた。

やがてグリーンショア屋敷のフォリアット夫人、由緒ある勇敢な家系の娘はまっすぐ顔を上げた。彼女はポアロをじっと見つめた。その声は堅苦しくよそよそしかった。

「ありがとうございます、ムッシュー・ポアロ。ご自身でこうしたことをお話しにいらしてくださって。そろそろ一人にしていただけますか？　一人きりで立ち向かわなくてはならないことがありますので……」

アガサ・クリスティーとグリーンショアの阿房宮

ジョン・カラン

一九五〇年代半ばまでに、アガサ・クリスティーは本の出版を一年に一作品までに減らした。「クリスマスにクリスティーを」というわけだ。その十年間にアガサはミステリ劇作家という評判を高め、一九五一年から一九六〇年までにロンドンのウエスト・エンドでは新しいクリスティーの演劇が八本も上演された。この時期は演劇における彼女のゴールデンエイジで、書店に並ぶ新しいクリスティーの小説がますます少なくなっていたことをある程度説明するものだ。さらに、非常にすばらしいポアロの小説が書かれ……さらに書き直されたのも、この時期だった。

一九五四年十一月、彼女のエージェント、ヒューズ・マッシー社のエドモンド・コークが、エクセターの教区財務理事会に手紙を書き、クライアントがチャーストン・フェラーズのセント・メアリー教会に、ぜひ、新しいステンドグラスを設置したいと願っているると説明した。その教会をアガサは崇拝していた。『アガサ・クリスティー自伝』で、こう回想している。「わたしに特別な楽しさを与えてくれるものは、物語《ストーリー》を書くことである……ここからの利益はわたしが通っていたチャールストン・フェラーズの教会にステンドグラスの窓をつけるのに使われた……わたしはこの窓を、子供たちが見て楽しいものにしたかったのだ」彼女はその作品を「それは長い短篇小説と呼ばれるものだと思うが、長篇と短篇の中間ぐらいのものである」と説明している。この作品の権利は、彼女が提案した窓をとりつけるために設立された基金に与えられる予定だった。そして作家は、わくわくしながら芸術家とデザインを選ぶことになった。教区財務理事会と地元の教会はその取り決めに大喜びして、一九五四年二月三日の手紙では、その基金に「ミセス・マローワン（アガサ・クリスティー）は『ポアロとグリーンショアの阿房宮』というタイトルの中篇小説の雑誌掲載権を与えるつもりでいる」ことを確認している。金額は千ポンド程度（現在の貨幣価値だとだいたい二万ポンド）になると予想された。

一九五五年の三月には、教区財務理事会は本の売れ行きが気になり、心配しはじめていた。屈辱的なことに、三十五年間で初めて、アガサ・クリスティーはその作品を売ることができなかったのだ。問題はその長さだった。それは中篇小説だったのだ――長篇でも短篇でもなく——雑誌掲載にはむずかしい長さだった。アガサが本を書いているあいだ出版市場は非常にもうかっていたが、ミステリの女王はしばしばその要求に悩まされた。たいていの場合、出版社は最新のクリスティーの作品を提供されて喜んだが、編集者はしじゅう原稿のカットを求めてきた。通常は宣伝に配慮をしたためだ。『アガサ・クリスティーの秘密ノート』では、『もの言えぬ証人』(一九三七年)、『動く指』(一九四三年)、『満潮に乗って』(一九四八年)と三つの例をあげただけだが、実はすべてがこの不名誉をこうむった。さらに通常、連載は本の出版に先立つので、最初に掲載した雑誌の編集者に求められたカットのせいで、イギリス版とアメリカ版のちがいが出てきたようだ。

そこで、一九五五年の六月半ばまでに、その作品は売るのを止めるという決定が下された。コークの言葉を借りれば「次の長篇小説に利用できるいい材料がぎっしりつまっているとアガサは考え」たのだ。妥協案として、教会のためにもう一本短篇を書くことになった。法的な理由から「グリーンショアの阿房宮」というタイトルで。ただしコークはこう説明している。「おそらく別のタイトルで出版されることになるでしょう」そこで最初の拒絶された中篇『ポアロとグリーンショアの阿房宮』は『死者のあやまち』に作り変えられ、もっと短い似たようなタイトルをつけられた「グリーンショョウ氏の阿房宮」が教会の財源を豊かにするために執筆された。この代替の作品はミス・マープル物で、まずイギリスで一九五六年に〈デイリー・メール〉紙に掲載され、アメリカでは一九五七年三月に《エラリイ・クイーンズ・ミステリ・マガジン》誌に掲載され、一九六〇年に『クリスマス・プディングの冒険』に収められた。タイトルの類似性を除き、ふたつの作品にはまったく関連性はなく、これもまたクリスティーの想像力の豊かさの証拠になった。

これは個人的な計画だったし、個人的な崇拝の場所のために書くことになったので、おそらく、アガサ・クリスティーは地元とのつながりを失いたくなかったのだろう。そこで、最初から物語はグリーンウェイを舞台にするつもりだったように思える。しかし、忘れないでいただきたいが、最初に活字になったときでも、家族と親しい個人的な友人を除き、誰もそれに気づかなかっただろう。『五匹の子豚』（一九四三年）ですでにグリーンウェイの敷地を利用していたし、敷地を下ったところでダート川を横断するフェリーは、数年後に『無実はさいなむ』（一九五八年）の冒頭の章で使うことになる。ただし『ポアロとグリーンショアの阿房宮』でこそ、クリスティーは愛するグリーンウェイを広範囲にわたって詳細に描くつもりだったのだ。

完全な創作の阿房宮そのものを除き、中篇と長篇で描かれた場所は実際に存在する。

母屋は中篇では「川を見下ろすようにして建つ壮大な白いジョージ王朝様式の屋敷」でグリーンショア屋敷と呼ばれている。のちに長篇ではナス屋敷と修正されるが、すぐにアガサ・クリスティーが一九三八年に購入したグリーンウェイだとわかる。フォリアット夫人によって説明される短い歴史も、選択的とは言え、住まいの正確な説明になっている。どちらの作品でも、番小屋が登場する。「小さな白い平屋建ての家は、私道から少しひっこんで建てられ、その周囲には柵で仕切られた小さな庭があった」。船着き場のそばのコテージ、船着き場、「狭間つきの低い胸壁がある円形の空き地」、テニスコート、隣のユースホステル。なによりも重要なボートハウスは「こぎれいな茅葺き屋根の小屋」と描写されている（現在では新しい屋根になっている）。殺人現場に使用されるとは思えない外見だ。グリーンショア屋敷の内部の造りも、グリーンウェイを反映している。フレンチドアのある客間、玄関ホールの反対側にある「本棚がずらっと並んでいて、「窓辺のテーブル」がある部屋、ポアロの寝室——「川を見張らす広々とした風通しのいい部屋」——廊下の向かいにあるバスルーム。正門近くのマグノリアの木。その木のそばでフォリアット夫人とハティがおしゃべりをしている。私道は大きな鉄門にぶつかり、曲がりくねった急な小道を下ると船着き場とボートハウスに通じている——すべてが現実に存在し、現在グリーンウェイ屋敷を訪れる人々はそれらを目にして楽しいひとときを過ごすことができるだろう。

『アガサ・クリスティーの秘密ノート』（二〇〇九年）で、わたしは一九一五年から一九七三年までのミステリの女王が構想を練るのに使ったノートについて解説した。こうした場所で、アガサ・クリスティーはアイディアを書きつけ、登場人物について考え、プロットに磨きをかけたのだ。『フランクフルトへの乗客』（一九七〇年）での「まえがき」で書いているように、「あるアイディアがとりわけ気に入って……それをさまざまにひねく……」るのだ。この「ひねくりまわす」ことと「細工を加える」ことは、ノート73のページで行なわれている。

《ジョン・ブル》誌で四カ月前から先行連載していて、最終的に一九五六年に出版された『死者のあやまち』に関連したメモは、ノート45と47に含まれている。しかし本の複雑な経緯のせいで、このメモが言及しているのは最初の中篇小説なのか、あとの長篇小説なのか判断がつきかねる。ノート47は最初の『グリーンショア』版のためのように思えるし、ノート45は『死者のあやまち』版のためのようだ。ノート47では基本的なプロットのポイントについて考察し、いちばん最初のアイディアをひねくり回していることが示されている。このノートの十五ページにわたって、クリスティーは『ポアロとグリーンショアの阿房宮』の全体的なプロットの概略を記しているので、長篇にするにあたっては、あと少し詳しく書きこめばいいだけだった。なにしろプロットの骨組は、すでに二年前に完成していたのだから。（可能な）タイトルとして『阿房宮』あるいはもう少し手のこんだ『サンダーソンの阿房宮』や『グランディソンの阿房宮』がノート47に登場しているが、『グリーンショア』に言及していることから、この推測はまちがいないだろう。以下のメモはほとんどがプロットに組み込まれている。ただし、家に滞在している厄介者のレディ・Dの愛人、〝生徒〟が報告する人物は却下された。

サー・ジョージはハティ・デロランと結婚する——彼女は精神的に障害を負っている——彼は「グリーンショア」という家を買い、妻とともにやって来る——夜阿房宮の建築が準備されている——彼女は埋められる。阿房宮は翌日に建てられる。別のレディ・デニソン〔スタッブズ〕が彼女になりすます——使用人たちは何も見ていない——彼らは散歩に行く——別の女の子が戻ってくる（ボートハウスから）。そして一年で、サー・ジョージとレディ・デニソンはよく知られた人物となる。いや九カ月ぐらい？　三カ月？　そしてレディ・Dが姿を消すときが来る——彼女はロンドンを行ったり来たりする——学生になりすまし、一人ふた役（青年は本当に彼女の兄？　彼女といっしょにいる）。

彼女は服を着替え、ホステルに宿泊中の学生として登場（ボートハウスから、阿房宮から？　占い師のテントから？）――またホステルに戻っていく――レディ・Dと愛人の話は入れる？　建築家？

さらに冒頭場面の概略がメモされている――ポアロとオリヴァ夫人との電話の会話――さらに別のアイディア。そのどれもが小さな変更をされる――ガーデン・パーティ――資金集めのパーティー？――ガールスカウトかボーイスカウトの犠牲者。

オリヴァ夫人がポアロを呼び寄せる

グリーンウェイに滞在中――仕事で――ここで開催予定の自然保護協会主催のお茶の余興として、宝探しか犯人探しのお膳立てをする――

〝死体役〟はボーイスカウト、ボートハウスのなか――そこの鍵を見つけるには、〝手がかり〟を見つけなくてはならない。あるいは本物の死体が木のひっこ抜かれた場所に埋められているので、阿房宮は壊されなくてはならない。

ハイカー（若い女？）隣のホステルに宿泊——じつは、レディ・バナーマン〔スタッブズ〕長い光沢のあるコートを着て、パールをつけている。下にはショートパンツとシャツ。

新しい作品のプロットを作るときにしばしばやるように、クリスティーは動機を考案し、背景を想像し、〝A、B、C、D〟というバリエーションのリストがノートのいたるところに見受けられる。左のメニューでは、〝A〟だけが完全に捨てられたが、三つの可能性の要素はすべて含められた。ただし、長篇、中篇どちらにもピーター・レストレードは登場していない。

誰が誰を殺したいか

A　妻が金持ちのP〔ピーター・レストレード〕を殺したい。妻は愛人あり——どちらも貧乏。

B　若い妻がすでに別人と結婚していることを誰かが知っている。その誰かに正体を知られる。脅迫？

CP・レストレード――最初の妻がまだ死んでいない――（南アメリカに？）――彼の正体を妻の妹が見破る。ホステルのチェコ人の若い女性？　Pはホステルの娘が〝不法侵入〟だと言う――二人のあいだの怒ったやりとりが第三者に目撃される（ただし聞かれてはいない）――彼は彼女を殺そうと決意。

Dフォリアット夫人――少し頭がいかれている。あるいはホステルに若いフォリアット？

屋敷を建てたもともとの一族のフォリアット夫人――今屋敷は若くて美しい妻のいるサー・ジョージ・スタッブズのものになっている――チリ人の女性？――イタリア人の母親――クレオール人？――裕福な砂糖きび畑の経営者たち――娘は頭が弱い。サーGは軍との契約で金儲けをしたという噂が広まった……実はサーGは（貧者）は妻を殺し、彼女の遺産を手に入れようと計画。

小説のプロットにあわせて、クリスティーはこちらもメモしている。

オリヴァ夫人の計画

凶器　リボルバー
　　ナイフ
　　物干しひも
足跡（コンクリートの）
バラ、グラジオラス、あるいは球根カタログ？　印がつけられている？
靴
スナップ写真
誰？　犠牲者
なぜ？　凶器
どのように？　動機
いつ？　時間
どこで？　場所

このような入念な仕上げと改良によって、出版されたふたつの版は微妙に異なっている。オリヴァ夫人が創作のプロセスやそれに内在する問題について説明するときは、どうしてもオリヴァ夫人の創作者の声を聞きとってしまう。そして思いだしていただきたいのは、実際にアガサ・クリスティーが何年も前にそうした宝探し・犯人探しをマン島で企画したことだ。それによって結実した作品『マン島の黄金』と、このユニークな企画の裏にある魅力的な歴史は、死後に出版された短篇集『マン島の黄金』（一九九七年）（イギリス版原題 *While the Light Lasts and Other Stories*）で読むことができる。

予備的な走り書きにおける最後の興味深いメモから、クリスティーは考えうる限りのありとあらゆるプロットを検討しないではいられなかったことが察せられる。ノートの前のページで、すでに物語の流れを（ほぼ）決定していたにもかかわらずだ。

モーリーン〔マーリーン〕は〝休憩〟に行く――若い女性のハイカーが彼女になり代わる？　それから、その女性ハイカーが殺される。

この『ポアロとグリーンショアの阿房宮』の初の出版は、世界的ベストセラー作家の創造のプロセスを読者に垣間見させてくれる。短篇からふくらませた他の作品――「マーケット・ベイジングの怪事件」→「厩舎街の殺人」、「黄色いアイリス」→『忘られぬ死』――とはちがい、この作品はふたつのプロットがおおむね同じなので、改稿のあとをたやすくたどることができるだろう。中篇を長篇にふくらませる作業は、ノート45のページに自分自身への心覚えとしてもれなく記されている――〝きわめて緻密に作り上げた場面〟〝p12の修正〟〝詳細な質問〟〝手の込んだ朝食会〟。〝p12〟についての言及はおそらく、執筆していた最初のタイプ原稿のものだろう。ふくらませるべき場面や段落をメモし、重要なできごとを明確にするタイムテーブルが付記されている。

4・05pm　H〔ハティ〕がミスBにお茶を飲んでくるように言う
4・10pm　Hがテントに入っていく――裏から出て小屋に入る――若い女性の格好をする――ボートハウスに入る――
4・20pm　マーリーンに呼びかける――彼女を絞殺して戻る＋イタリア娘として戻る。
4・30pm　オランダ娘といっしょに立ち去る＋リュックサックを背負う？……オランダ娘はダートマスへ――イタリア娘はプリマスへ。

最後に、スペンサーの詩からの一節に注目していただきたい。フォリアット夫人が中篇小説の三章の最後で、長篇小説では四章で苦々しげに引用したものだ。この一節はデイム・アガサのチョールジー墓地の墓碑に刻まれている。「労苦のあとの眠り、嵐の海のあとの港、戦いのあとの安らぎ、生のあとの死、それらはおおいなる喜び……」ようやくクリスティー没後四十年近くたって、多くのファンの方々は、これまで出版されることがなかった才気あふれるこの作品を楽しむことができるのだ。

ジョン・カラン博士
ダブリン
二〇一四年一月

解説

ある日、ポアロのもとに一本の電話が入る。ミステリ作家のオリヴァ夫人からだった。祭りの余興の手伝いに訪れた屋敷で不穏な空気が漂っているので、力を貸してほしいという……ポアロものの長篇『死者のあやまち』（一九五六年、クリスティー文庫刊）と同じ始まり方をするが、本書『ポアロとグリーンショアの阿房宮』は、この長篇の原型なのである。クリスティーの死後四十年近く経った二〇一四年、イギリスで一冊の書籍として刊行された。

本作は一九五四年に、クリスティーの地元の教会のチャリティーのため執筆されたが、未発表となっていた作品だった。その詳しい経緯や、中篇から長篇へと書き変えられていく過程などは、本書収録のジョン・カラン「アガサ・クリスティーとグリーンショアの阿房宮」をお読みいただきたい。

よく似たタイトルの短篇にミス・マープルものの「グリーンショウ氏の阿房宮」（『クリスマス・プディングの冒険』クリスティー文庫刊）があるが、これは先に述べた教会のチャリティーのために別の機会に執筆された短篇で、両者の内容に関連性はまったくない。

本作は二〇一四年十一月号の《ハヤカワミステリマガジン》（特集「さようなら、こんにちはポアロ」）に邦訳が掲載され、書籍化にあたり、原書に収録されているトム・アダムズ、マシュー・プリチャード、ジョン・カランの文章を新たに収録した。ここで、その執筆者たちをご紹介しよう。

「はじめに」を記すトム・アダムズは、一九二六年生まれのイラストレーターである。イギリスでペイパーバック版のクリスティー作品の装幀を数多く手がけた。一九六二年『予告殺人』から一九八〇年の *Miss Marple's Final Cases and Two Other Stories*（イギリスで刊行されたオリジナル短篇集）まで、二十年近くの長きにわたって描かれた装画は、一冊の画集としてまとめられ、日本でも『アガサ・クリスティー　イラストレーション』（早川書房刊）の邦題で刊行された。

本書のイギリス版では、装画をトム・アダムズが担当している。緑豊かなグリーンショアの風景のなかに、物語に登場するモチーフが幻想的に配置されており、クリスティーらしき女性の姿もある。インターネットなどで原書の装画をぜひ探してみてほしい。

「まえがき」で本作の舞台を鮮やかに描写するマシュー・プリチャードは、アガサ・クリスティーの孫であり、クリスティーの著作権などを管理するアガサ・クリスティー社の代表を務めている。「まえがき」では本作の舞台でもあり、クリスティーが愛したグリーンウェイ・ハウスでの祖母との思い出を記しているが、プリチャードの語る、親族だからこそ知るクリスティーの姿は貴重である。二〇一一年に第一回アガサ・クリスティー賞の贈賞式の際に来日し、その場でもクリスティーについて惜しみなく語った。

「アガサ・クリスティーとグリーンショアの阿房宮」で本作の来歴を解説するジョン・カランは、『アガサ・クリスティーの秘密ノート』(クリスティー文庫刊)の著者としてご存知の読者も多いだろう。二〇〇五年にグリーンウェイ・ハウスで発見された、創作アイディアを記した七十三冊におよぶノートを解読・分析した、大変な労作である。同書でミステリの女王の思考に触れてみてはいかがだろうか。

本作のように新発見された未訳の短篇は他にも存在する。「管理人事件」(『愛の探偵たち』クリスティー文庫刊)の別バージョン"The Case of the Caretaker"はミス・マープルもので、ジョン・カラン *Agatha Christie's Murder in the Making* に収録されている。なお、『アガサ・クリスティーの秘密ノート』には同じく新発見の「ケルベロスの捕獲」「犬のボール」の二篇が訳出されている。作家の創作を辿れる貴重なものなので、興味のある方はぜひお読みいただきたい。

(A)

二〇一四年十二月

本書収録の「ポアロとグリーンショアの阿房宮」は、
《ハヤカワミステリマガジン》二〇一四年十一月号に
掲載した作品を改題したものです。

灰色の脳細胞と異名をとる

〈名探偵ポアロ〉シリーズ

本名エルキュール・ポアロ。イギリスの私立探偵。元ベルギー警察の捜査員。卵形の顔とぴんとたった口髭が特徴の小柄なベルギー人で、「灰色の脳細胞」を駆使し、難事件に挑む。『スタイルズ荘の怪事件』（一九二〇）に初登場し、友人のヘイスティングズ大尉とともに事件を追う。フェアかアンフェアかとミステリ・ファンのあいだで議論が巻き起こった『アクロイド殺し』（一九二六）、イニシャルのABC順に殺人事件が起きる奇怪なストーリーが話題をよんだ『ABC殺人事件』（一九三六）、閉ざされた船上での殺人事件を巧みに描いた『ナイルに死す』（一九三七）など多くの作品で活躍し、最後の登場になる『カーテン』（一九七五）まで活躍した。イギリスだけでなく、イラク、フランス、イタリアなど各地で起きた事件にも挑んだ。

映像化作品では、アルバート・フィニー（映画《オリエント急行殺人事件》）、ピーター・ユスチノフ（映画《ナイル殺人事件》）、デビッド・スーシェ（TVシリーズ）らがポアロを演じ、人気を博している。

1 スタイルズ荘の怪事件
2 ゴルフ場殺人事件
3 アクロイド殺し
4 ビッグ4
5 青列車の秘密
6 邪悪の家
7 エッジウェア卿の死
8 オリエント急行の殺人
9 三幕の殺人
10 雲をつかむ死
11 ＡＢＣ殺人事件
12 メソポタミヤの殺人
13 ひらいたトランプ
14 もの言えぬ証人
15 ナイルに死す
16 死との約束
17 ポアロのクリスマス
18 杉の柩
19 愛国殺人
20 白昼の悪魔
21 五匹の子豚
22 ホロー荘の殺人
23 満潮に乗って
24 マギンティ夫人は死んだ
25 葬儀を終えて
26 ヒッコリー・ロードの殺人
27 死者のあやまち
28 鳩のなかの猫
29 複数の時計
30 第三の女
31 ハロウィーン・パーティ
32 象は忘れない
33 カーテン
34 ブラック・コーヒー〈小説版〉
103 ポアロとグリーンショアの阿房宮

好奇心旺盛な老婦人探偵

〈ミス・マープル〉シリーズ

本名ジェーン・マープル。イギリスの素人探偵。ロンドンから一時間ほどのところにあるセント・メアリ・ミードという村に住んでいる、色白で上品な雰囲気を漂わせる編み物好きの老婦人。村の人々を観察するのが好きで、そのうちに直感力と観察力が発達してしまい、警察も手をやくような難事件を解決するまでになった。新聞の情報に目をくばり、村のゴシップに聞き耳をたて、それらを総合して事件の謎を解いてゆく。家にいながら、あるいは椅子に座りながらゆったりと推理を繰り広げることが多いが、敵に襲われるのもいとわず、みずから危険に飛び込んでいく行動的な面ももつ。

長篇初登場は『牧師館の殺人』（一九三〇）。「殺人をお知らせ申し上げます」という衝撃的な文章が新聞にのり、ミス・マープルがその謎に挑む『予告殺人』（一九五〇）や、その他にも、連作短篇形式をとりミステリ・ファンに高い評価を得ている『火曜クラブ』（一九三二）、『カリブ海の秘密』（一九六四）とその続篇『復讐の女神』（一九七一）などに登場し、最終作『スリーピング・マーダー』（一九七六）まで、息長く活躍した。

35 牧師館の殺人
36 書斎の死体
37 動く指
38 予告殺人
39 魔術の殺人
40 ポケットにライ麦を
41 パディントン発4時50分
42 鏡は横にひび割れて
43 カリブ海の秘密
44 バートラム・ホテルにて
45 復讐の女神
46 スリーピング・マーダー

冒険心あふれるおしどり探偵

〈トミー&タペンス〉

本名トミー・ベレズフォードとタペンス・カウリイ。『秘密機関』（一九二二）で初登場。心優しい復員軍人のトミーと、牧師の娘で病室メイドだったタペンスのふたりは、もともと幼なじみだった。長らく会っていなかったが、第一次世界大戦後、ふたりはロンドンの地下鉄で偶然にもロマンチックな再会をはたす。お金に困っていたので、まもなく「青年冒険家商会」を結成した。この後、結婚したふたりはおしどり夫婦の「ベレズフォード夫妻」となり、共同で探偵社を経営。事務所の受付係アルバートとともに事務所を運営している。トミーとタペンスは素人探偵ではあるが、その探偵術は、数々の探偵小説を読破しているので、事件が起こるとそれら名探偵の探偵術を拝借して謎を解くというユニークなものであった。

『秘密機関』の時はふたりの年齢を合わせても四十五歳にもならなかったが、

最終作の『運命の裏木戸』（一九七三）ではともに七十五歳になっていた。青春時代から老年時代までの長い人生が描かれたキャラクターで、クリスティー自身も、三十一歳から八十三歳までのあいだでシリーズを書き上げている。ふたりの活躍は長篇以外にも連作短篇『おしどり探偵』（一九二九）で楽しむことができる。

ふたりを主人公にした作品が長らく書かれなかった時期には、世界各国の読者からクリスティーに「その後、トミーとタペンスはどうしました？　いまはなにをやってます？」と、執筆の要望が多く届いたという逸話も有名。

バラエティに富んだ作品の数々

〈ノン・シリーズ〉

名探偵ポアロもミス・マープルも登場しない作品の中で、最も広く知られているのが『そして誰もいなくなった』（一九三九）である。マザーグースになぞらえて殺人事件が次々と起きるこの作品は、不可能状況やサスペンス性など、クリスティーの本格ミステリ作品の中でも特に評価が高い。日本人の本格ミステリ作家にも多大な影響を与え、多くの読者に支持されてきた。

その他、紀元前二〇〇〇年のエジプトで起きた殺人事件を描いた『死が最後にやってくる』（一九四四）、『チムニーズ館の秘密』（一九二五）に出てきたロンドン警視庁のバトル警視が主役級で活躍する『ゼロ時間へ』（一九四四）、オカルティズムに満ちた『蒼ざめた馬』（一九六一）、スパイ・スリラーの『フランクフルトへの乗客』（一九七〇）や『バグダッドの秘密』（一九五一）などのノン・シリーズがある。

また、メアリ・ウェストマコット名義で『春にして君を離れ』（一九四四）をはじめとする恋愛小説を執筆したことでも知られるが、クリスティー自身は四半世紀近くも関係者に自分が著者であることをもらさないよう箝口令をしいてきた。これは、「アガサ・クリスティー」の名で本を出した場合、ミステリと勘違いして買った読者が失望するのではと配慮したものであったが、多くの読者からは好評を博している。

72 茶色の服の男
73 チムニーズ館の秘密
74 七つの時計
75 愛の旋律
76 シタフォードの秘密
77 未完の肖像
78 なぜ、エヴァンズに頼まなかったのか？
79 殺人は容易だ
80 そして誰もいなくなった
81 春にして君を離れ
82 ゼロ時間へ
83 死が最後にやってくる
84 忘られぬ死
86 暗い抱擁
87 ねじれた家
88 バグダッドの秘密
89 娘は娘
90 死への旅
91 愛の重さ
92 無実はさいなむ
93 蒼ざめた馬
94 ベツレヘムの星
95 終りなき夜に生れつく
96 フランクフルトへの乗客

訳者略歴　お茶の水女子大学英文科卒，英米文学翻訳家　訳書『猫は殺しをかぎつける』ブラウン，『アクロイド殺し』クリスティー，『スイート・ホーム殺人事件』ライス，『図書館ねこデューイ』マイロン，『猫的感覚　動物行動学が教えるネコの心理』ブラッドショー（以上早川書房刊）他多数

ポアロとグリーンショアの阿《あ》房宮《ぼうきゆう》

〈クリスティー文庫 103〉

二〇一五年一月十五日　発行
二〇二五年二月十五日　五刷
（定価はカバーに表示してあります）

著者　アガサ・クリスティー
訳者　羽《は》田《た》詩《し》津《ず》子《こ》
発行者　早川　浩
発行所　株式会社　早川書房
郵便番号一〇一-〇〇四六
東京都千代田区神田多町二ノ二
電話　〇三-三二五二-三一一一
振替　〇〇一六〇-三-四七七九九
https://www.hayakawa-online.co.jp
乱丁・落丁本は小社制作部宛お送り下さい。
送料小社負担にてお取りかえいたします。

印刷・中央精版印刷株式会社　製本・株式会社フォーネット社
Printed and bound in Japan
ISBN978-4-15-130103-2 C0197

本書は活字が大きく読みやすい〈トールサイズ〉です。